La femme modèle

W0333015

BRIGITTE LAHAIE

Brigitte Lahaie

La femme modèle

Éditions J'ai lu

© Éditions J'ai lu, 1991

1

Il faut savoir parfois chatouiller son destin... Je ne sais pas si j'ai pensé ces mots ou si je les ai prononcés, mais inconsciemment j'ai caressé mon ventre. Mon miroir a reflété ce geste et j'ai surpris en même temps un sourire au coin de mes lèvres, preuve que l'équivoque m'amusait. Mes yeux le disaient. Les prunelles mordorées changent de coloris au gré de mes états d'âme. Ils s'assombrissent quand s'annonce la tempête noire. Ils brillent d'éclats d'or quand je me sens heureuse. La longue chevelure blonde qui encadre mon visage leur fournit un bel écrin naturel. J'aime mon regard, j'aime ma chevelure autant que mon corps que je trouve sensuel, surtout les hanches et la poitrine. Les lèvres, peut-être...

J'aurais bien passé encore du temps à comparer l'image du miroir de ma salle de bains à celles des photos de moi qui l'entouraient, mais l'heure était venue de partir pour le rendez-vous pris par Sandra.

Sandra, c'était la complice des années où nous recherchions au travers de la jungle parisienne une indication pour notre avenir. Direction « la carrière » ? Direction « femme entretenue » ? J'aurais voulu découvrir une voie originale, mais je m'étais retrouvée fléchée dans la direction « mariage ».

— Il faut savoir chatouiller son destin, m'avait répondu Sandra, un jour où je m'étais précipitée vers elle, par besoin de bavarder et de rire des mille bêtises que nous débitons en laissant tourner les heures. Je m'ennuyais tant d'être encore seule ! Marc Olivier s'était hissé au niveau des ténors du barreau et travaillait comme un fou pour s'y maintenir. Je savais que mon mari faisait un métier passionnant, mais ses dossiers devenaient de plus en plus lourds à gérer et je le voyais de moins en moins.

Devant Sandra j'avais craqué :

— C'est injuste ! Les femmes belles gravissent les échelons de la société et ne savent que faire de leur temps libre. Les autres doivent militer au MLF pour espérer une quelconque amélioration de leur sort !

— N'entonne pas les couplets de la lutte sociale, dit Sandra. Ton cas est banal à pleurer, je te l'accorde. Tu es mariée, ton mari a la grosse galette, il te gâte comme une enfant, il prévient tes moindres désirs, sauf un ou deux... Moi je te connais bien et je sais ce qui te manque. Laisse-moi faire, je m'occupe de tout.

Depuis, elle me prenait des rendez-vous avec certains de ses amis discrets.

Je traversais le salon trop grand, trop riche, trop chargé d'objets que Marc Olivier collectionnait au hasard, les oubliant après les avoir entassés, si bien que son « musée » ressemblait à un entrepôt. Quant à moi, je ne les voyais plus. Je ne m'intéressais qu'à cette silhouette que me renvoyait la grande glace, l'ondulation d'une cuisse sous une jupe fendue laissant deviner le haut de mes bas. Je m'aimais provocante sous une apparence de distinction.

Saint-Cloud était à moins d'un quart d'heure de Paris en cet après-midi de milieu de semaine. Garer ma Golf décapotable dans les parages des Champs-

Élysées, ce fut une autre affaire qui me prit encore un bon quart d'heure. Tant et si bien que c'est le cœur battant et en retard que je sonnai, passé trois heures, à l'appartement du dernier étage d'un immeuble cossu de la rue François-Ier.

J'ignorais tout de celui qui allait m'accueillir. Je savourais cet instant de trouble avec une sorte de délectation perverse.

La porte s'ouvrit sur un bel homme d'une cinquantaine d'années, dont l'embonpoint envahissait un corps nerveux.

— Bonjour, dit-il avec un sourire charmeur, je suis enchanté de vous rencontrer.

Il boitait terriblement en m'entraînant vers le salon, un de ces détails dont Sandra « oubliait » de me prévenir.

— Je m'appelle Christian... Aimeriez-vous un peu de champagne ?

La bouteille attendait dans son seau. J'acceptai aussitôt, dans un sourire. J'adore le champagne. Il m'euphorise, il me fait sortir de moi, il me donne de l'excitation sans pour autant me faire perdre la tête. Je respirai l'odeur délicate des bulles qui crépitaient en buvant à petites gorgées et j'examinai les lieux en même temps.

Christian devait être un vieux garçon ; je ne décelais aucune touche féminine dans son appartement. Il devait voyager beaucoup. Il avait juxtaposé sans goût une petite table en bois exotique ornée de fleurs peintes avec un faux tapis persan, des objets achetés à la hâte dans un hall d'aéroport. Il interrompit ma réflexion sur la décoration.

— Sandra m'avait dit combien vous étiez jolie, mais elle m'a menti, car vous êtes si splendide, si parfaite que j'ai une violente envie de faire des photos en hommage à votre beauté, Béatrice.

Le truc de Sandra marchait une fois de plus. J'allais depuis trois mois chez des hommes inconnus pour poser comme modèle. Et ce qui m'attirait le plus, après les frissons de l'attente derrière la porte, c'étaient les compliments d'une cour inutile, puisque tout était combiné d'avance par mon « manager ». Je recevais entre cinq cents et mille francs l'heure, mais pour ce prix-là les clients exigeaient de terminer par quelques prises où j'étais absolument nue. Sans plus. C'était ma manière à moi de rester fidèle à mon mari. Je préférais ne pas avoir à imaginer quelle serait sa réaction s'il apprenait... J'avais prévenu Sandra :

— Je veux bien essayer, mais je resterai intouchable.

Christian installait minutieusement son appareil sur un pied. Il réglait quelques spots, obtenant une lumière plutôt plate. Peu importait ; somme toute nous n'allions pas faire de l'art, pas moi en tout cas. J'attendais que la mise en scène soit terminée pour me lever, m'approcher de lui.

— Où désirez-vous que je me mette ?

— Là, devant ce mur, ce sera bien, non ?

Souvent l'un ou l'autre me demandait mon assentiment. Je ne pouvais pas leur répondre que je n'y comprenais rien, que je me contrefichais des problèmes techniques. Je venais chez eux pour une raison inavouable : je m'adorais sur ces photos faites sous l'empire du désir. Je m'en étais aperçue dès la première séance et c'est l'aiguillon de cette tentation insolite qui m'avait poussée à continuer presque malgré moi. En plus il y avait l'odeur chaude des spots dans la pièce, jamais la même, plus ou moins douce, plus ou moins imprégnée de l'odeur des corps, la mienne, qui s'échappait de moi lorsque je changeais de pose, et celle de l'inconnu qui se démenait avec son appareil.

Je commençai à onduler, langoureuse, prenant soin de laisser ma jupe dévoiler mes dessous crémeux, mes escarpins vernis et mes bas noirs à coutures. Ils allongeaient mes jambes longues dont le galbe parfait, dû à des heures d'équitation, se terminait sur des chevilles fines, des jambes de meneuse de revues dont j'apprenais à jouer.

Je lançai ma veste en l'air et Christian put découvrir une poitrine alléchante emprisonnée dans une guêpière noire dont la couleur contrastait avec mon hâle. Il ne put s'empêcher de s'essuyer le front d'un geste rapide. Je reconnaissais ce signe précurseur de la montée du désir pour l'avoir remarqué chez la plupart de mes clients. Il avait le don de m'exciter pour la seconde manche.

Mon strip-tease commença lentement. Le corselet sublimait mon corps, galbait la taille en faisant paraître les hanches plus généreuses et la poitrine plus voluptueuse. La plus petite de mes culottes de dentelle noire laissait échapper quelques poils blonds quand je cambrais les reins, avant de m'agenouiller. Un mouvement de garce qui coïncida avec l'apparition d'une boursouflure au pantalon de mon photographe. Il était temps de soulager l'atmosphère.

— Excusez-moi un instant... Je reprendrais bien un peu de champagne.

— Bien sûr, bien sûr, où avais-je la tête ?

Comme si je ne savais pas où il avait la tête ! Mieux valait en sourire. Je dégustai quelques gorgées pétillantes avant de reprendre la pose.

Sandra m'a vue travailler une fois. Elle prétend que j'ai le don, que je ne vole pas mon fric et que je manœuvre le désir des hommes avec une habileté perverse. En étirant mon corps pour modifier souvent les poses, je me fais plaisir et je prolonge le temps.

Il devait rester un peu moins de vingt minutes sur la séance. Christian rechargeait pour la troisième fois son appareil. Trois pellicules, c'était en général le maximum que mes clients arrivaient à faire dans l'heure. J'en déduisis que Christian travaillait très vite ou plutôt qu'il savait maîtriser ses pulsions.

Je me fis une voix des plus fluettes pour le provoquer.

— Voulez-vous que j'enlève ce qui me reste ?

Quand je jouais ainsi les femmes-enfants en proposant une situation érotique, ils craquaient tous. Si les hommes sont excités par les dessous féminins, ils désirent presque tous admirer la femme de leur fantasme en tenue d'Ève. Sandra avait une expérience plus approfondie puisqu'elle faisait l'amour avec ses clients pour un supplément. Elle confirmait qu'au lit seulement dix pour cent de ses amants préféraient qu'elle garde bas et porte-jarretelles. Christian devait faire partie de la majorité puisqu'il bafouilla :

— Oui, oui... enlevez votre soutien-gorge.

Encore un qui ne savait pas faire la différence. Le trouble croissant qui envahissait son visage excusait cette erreur, dont au fond je n'avais cure. Je poursuivis le déshabillage en dégrafant tranquillement la guêpière.

— Voulez-vous que je vous aide ?

— Non. (Je nuançai aussitôt d'un sourire enjôleur cette trop brusque réponse et ajoutai :) Le charme en serait rompu.

Je crois bien que, nue et en forme comme ce jour-là, j'approchais la perfection. Christian n'arrivait plus à contenir ses émotions, les dernières photos risquaient d'être floues, comme toujours.

Il s'excitait férocement à la vue des seins presque lourds, fermes, d'un hâle luisant ; de cette taille, si fine qu'elle mettait en valeur un ventre légèrement souligné par mes contractions, un ventre vivant qui exaltait toute la féminité du corps. L'appareil fixait ces moments de sensualité, l'opérateur fasciné par la splendeur que je lui offrais en oubliait le reste du monde.

Pas moi. Je regardai ma montre et me dressai sur-le-champ. L'heure était écoulée et cela faisait partie de la tactique élémentaire. Il ne fallait pas leur laisser une seconde de plus, sinon l'on perdait un peu de son mystère, de son inaccessibilité surtout.

Je me dirigeai sans un mot vers le tas de mes vêtements abandonnés. Christian comprenait que je ne lui appartenais déjà plus mais il ne pouvait s'empêcher de tenter de prolonger son plaisir.

— Déjà ! Vous ne voulez pas me laisser terminer la pellicule ?

— Avec plaisir... la prochaine fois.

Je lui ai adressé un petit geste câlin, enjôleur, puis je me suis enfermée dans la salle de bains. J'appréciais ces quelques minutes où je pouvais apercevoir les eaux de toilette à bon marché, les rasoirs en matière plastique achevés par un usage répétitif ou ces tubes de dentifrice jamais refermés. Ces petites imperfections typiques de l'univers masculin me troublaient, curieusement.

J'ai été rapidement rhabillée, fidèle à la deuxième règle d'or : ne jamais se revêtir devant un homme. Et retrouver un quant-à-soi impassible comme si de rien n'était.

Christian ressentit certainement ce changement quand je réapparus au salon avec un tailleur un peu plus froissé qu'à l'arrivée, légèrement démaquillée, le visage fermé. Il sortit quelques billets de son secrétaire.

— Voulez-vous me laisser votre numéro de téléphone ? J'aimerais tant vous revoir.

— Non, appelez Sandra, je suis trop difficile à joindre.

La troisième règle d'or édictée recommandait de ne donner en aucun cas ses coordonnées, ce qui rendait « l'objet-modèle » encore plus inaccessible.

Je pris la main moite de Christian pour y déposer mes lèvres aussi délicatement et sensuellement que je le pus. En échange il glissa dans mon autre main les billets qu'il tenait. Je repris la voix câline et fluette de tantôt pour lui susurrer un « à très bientôt » avant de m'échapper.

Je savais que Christian me ferait rappeler. Sur ce point je ne me trompais pas et j'adorais que les clients aient envie de me revoir. Ce qui comblait le secret besoin que j'avais d'expérimenter chaque jour le pouvoir de séduction de mon corps, de vérifier que j'avais su capter et par-dessus tout plaire aux hommes qui me dévoraient de leurs objectifs.

Je regagnai ma voiture, l'âme légère et le corps souple. Je n'étais pas en retard mais mon mari rentrait souvent plus tôt le mercredi, car nous avions l'habitude de sortir.

J'appréciais les soirées qui venaient à la suite des après-midi où j'avais posé. Ces jours-là, le désir des autres se trouvait tout à coup matérialisé par celui de mon mari. J'éprouvais une profonde envie d'être possédée, sans doute pour me libérer ou me faire pardonner, je ne sais. Une femme infidèle a rarement la migraine le soir après des ébats extra-conjugaux. Elle puise sa disponibilité dans la crainte que son mari ne soupçonne quelque chose. Mon cas était certes bien différent mais j'avais moi aussi « quelque chose » à lui cacher.

Le téléphone sonnait quand j'arrivai à la villa de

Saint-Cloud. Je saisis un portatif et reconnus dès le premier mot la voix pétillante de Sandra. Je coupai court sans ménagement car l'inévitable spécialité de Sandra était de raconter sa dernière aventure juste au moment où je ne pouvais pas l'écouter. Je lui promis de la retrouver le lendemain chez notre coiffeur prête à m'amuser au récit de ses révélations croustillantes. Les extravagances de Sandra avaient vraiment changé ma vie. C'était sûrement pour cette raison que Marc Olivier, plutôt intuitif pour un homme, n'appréciait pas notre complicité.

Il ne me restait plus qu'à m'offrir une petite heure de salle de bains, le temps nécessaire pour me rendre encore plus belle, désirable, parfumée, en un mot irrésistible pour le retour de Marc Olivier. Mon « cher et tendre époux » porte bien ses quarante-six ans, avec ce charme des hommes pas trop grands mais sveltes et surtout les tempes grisonnantes bien fournies que remarquent les femmes avant de rêver sur sa bouche sensuelle. De plus il a cette aisance de comportement acquise dans son milieu professionnel qu'elles notent en société. Ce qui leur fait oublier le reflet gris de ses yeux bleus. Un petit défaut dont je n'avais pas lieu de me plaindre car s'il avait les yeux d'aigue-marine de Jean d'Ormesson, par exemple, elles ne se priveraient pas de me le souffler, alors que je suis persuadée qu'en six ans de mariage il ne m'a pas trompée.

Moi non plus d'ailleurs. Et je sais qu'il apprécie de constater que je feins d'ignorer les regards envieux et les remarques flatteuses que mon passage suscite parmi ses relations. Finalement nous n'avons qu'une seule ombre au tableau. Son travail le dévore trop et il manque parfois de ressources en fin de journée.

La robe rouge sang choisie en coup de vent dans

la penderie à cause de sa découpe suggestive était juste assez moulante pour attirer les regards de la salle du restaurant chic que j'affectionnais. A la lueur des chandelles elle me donnait un teint éclatant et exaltait ma sensualité à fleur de peau. Marc Olivier, vraiment élégant dans un complet bleu nuit avivé par la pochette de soie assortie à l'un de ses inséparables nœuds papillons, était le tout premier à me dévorer des yeux. Il parla peu pendant le repas, contrairement à ses habitudes ; il écoutait mes futilités et surveillait la bonne ordonnance des plats et des vins.

Il semblait avoir oublié les soucis de sa lourde journée. Je le sentais détendu, tendre, près de moi. Il saisit mon genou sous la table avec une telle ferveur que je lui soufflai :

— Si tu demandais l'addition ?

Une bouffée d'adrénaline l'envahit et sa main se crispa sur moi. Je lui faisais si rarement des avances que cela provoqua chez lui un intense et violent désir. Nous fûmes dans sa Mercedes en moins de temps qu'il ne faut pour le dire. Je posai ma main sur sa cuisse dans un geste de possession qui le galvanisa. Il brûla un feu rouge et fonça. Saint-Cloud nous parut à des heures de Paris...

Il m'enlaçait déjà sur le perron et ferrailla de la clé avec fébrilité. Nous faisions chambre à part, depuis quelque temps, notre rythme de sommeil étant trop différent, lui parfois insomniaque et moi adonnée aux grasses matinées. Et puis je voulais une chambre simple, moderne, tranchant sur la décoration de la villa, un domaine privé, reflétant mon image, où je puisse laisser libre cours à mes penchants narcissiques.

Nous nous sommes retrouvés nus, sans un mot, enlacés dans mon lit. Il me caressait longuement, chaque contour, chaque pli, chaque rondeur, chaque creux d'un corps dont il adorait la moindre parcelle. Il ne me le disait pas, mais il était visible que ces lents attouchements augmentaient son plaisir. Et il parvenait ainsi à me faire frissonner de la pointe des pieds à la racine des cheveux.

Il me faisait l'amour tendrement, sans hâte de son côté, sans fougue du mien. Il aime prolonger ses pénétrations alors que je reste assez passive, les yeux clos. Il n'a jamais osé me demander à quoi je pensais, et tant mieux, car s'il l'avait su, ou deviné, cela l'aurait horrifié. Il avait serré mes cuisses autour de ses hanches et plaqué ses mains sous mes reins. C'est lui maintenant qui fermait les yeux et m'enserrait de plus en plus fort. Je ne jouissais pas quand il me prenait et je trouvais cela normal. J'avais lu dans un magazine féminin que près d'une femme sur deux n'était pas vaginale et je croyais faire partie des clitoridiennes. Par contre je me sentais folle de bonheur quand mon mari parvenait à l'extase et s'écoulait dans moi.

— Je t'aime, murmura-t-il.

— Moi aussi, je t'aime...

Et je m'endormis sincère, heureuse, apaisée.

2

La journée anniversaire commençait bien. Le soleil s'infiltrait à travers les persiennes et un rayon tiède taquinait mon visage. Je m'étirai en travers du lit, bien à moi ; Marc Olivier était parti au Palais depuis longtemps. Je me blottis dans la chaleur moite des draps soyeux. Le lit semblait avoir été inventé pour moi. Je m'y enfouissais comme dans un cocon, passant des matinées entières à grignoter, lire, téléphoner, passer une vidéo, des heures sublimes où je cultivais l'art de ne rien faire sinon m'embellir dans la paresse.

Le rendez-vous coiffeur avec Sandra me revint en tête et le charme fut rompu. Je m'accordai encore quelques minutes de répit, ronronnant, pareille à une chatte, avant de sortir de mon bienheureux royaume pour filer dans la salle de bains.

Moins d'une heure plus tard j'arrivai fraîche et radieuse dans le salon de Jean-Claude. Il abandonna la cliente qu'il coiffait pour venir s'occuper de moi. Le salon de Jean-Claude n'était pas des plus célèbres mais j'aimais y venir car nous nous y sentions chez nous, Sandra et moi.

Mon exubérante amie se précipita pour m'embrasser. Sa nouvelle coiffure était achevée, ou presque. Sandra possède une chevelure sombre, magnifique, très longue, tombant au creux de ses reins. Il est donc difficile de voir la différence avant ou après une séance de coiffage. Mais elle tient à sa parure d'un bleu-noir profond.

Sandra est mignonne, plus que jolie, habile à se mettre en valeur. Un visage typé par une immense bouche gourmande et surtout une cambrure parfaite lui valent un succès certain auprès des mâles. Ses tenues aguicheuses semblent souvent des appels au viol. Sandra aurait voulu être mannequin. Malheureusement son penchant pour les sensations fortes l'entraîne à des excentricités qui ont été la cause de son renvoi de diverses agences. Maintenant elle se débrouille... Elle s'est constitué une belle clientèle de photographes amateurs et de temps en temps elle pose pour une pub, ou une collection de maillots de bain, ce qui lui fournit une couverture sérieuse vis-à-vis de ses parents ou de ses relations. Sa vie privée est beaucoup moins bien réglée. Aucun homme ne résiste à son tempérament méditerranéen, et je trouve sa consommation effrayante.

J'avoue cependant qu'il m'arrive d'envier les aventures tumultueuses que je vis par procuration quand elle me les raconte. Au fond elle apporte un peu de piment à ma vie de jeune femme mariée. En échange je lui offre un peu d'équilibre, de bon sens, de douceur. Et ce sont ces différences qui nous rapprochent plus que la simple amitié.

La plupart de ses audaces me semblent impensables. Elle a affiché son numéro de téléphone à l'arrière de sa 205 avec ces mots : « *Si vous désirez m'acheter.* » Elle ne cherche pas à vendre sa voiture. Elle se contente de faire confiance au flair des hommes. Elle reçoit ainsi de nombreux appels et oriente la conversation avec adresse sur un terrain très personnel. Certains ont été directs et lui ont demandé tout de go combien elle se vendait, elle. Elle a renouvelé sa clientèle grâce à ce subterfuge et n'en est pas peu fière. J'ai bien essayé de lui suggérer qu'après tout elle exerce la profession de call-girl. Sandra arrive toujours à me démontrer le contraire, avec une mauvaise foi évidente quand elle prétend que seul le vrai grand amour lui donnera la force de cesser.

En réalité ses besoins financiers sont sans limites et elle entend continuer à disposer de son corps, la seule chose bien à elle qu'elle ait jamais eue. Je la vois tellement gaspiller son argent à faire de si somptueux cadeaux aux uns et aux autres que je me demande si cette extrême générosité n'est pas une façon de se cacher qu'au fond elle ne s'estime pas vraiment elle-même.

— Béatrice, viens par là que je te raconte...

Elle s'agitait, en pleine effervescence, impatiente de parler du nouvel homme de sa vie. Elle déversait un flot de paroles à un rythme endiablé, entrecoupé de gloussements et de petits rires.

Sandra avait posé chez un peintre pour « rendre service » à une amie dont elle ne citait même pas le nom. C'était une de ses manies préférées : rendre service à n'importe qui pour plonger dans l'inconnu.

Le peintre s'appelait Fabio. Il donnait des leçons à des bourgeoises qui croyaient préparer l'École du Louvre, ce qui lui permettait d'arrondir ses fins de mois. Elle le décrivait comme le bel Italien type, brun et ténébreux, grand, svelte, les cheveux juste assez longs pour accentuer son côté artiste, des yeux noirs et profonds.

— Et des mains longues, expressives... Ah, si tu voyais ses mains !

Elle était subjuguée par ses doigts qui l'avaient

électrisée au premier contact. Il avait effleuré son corps à plusieurs reprises pour lui indiquer les positions à prendre. Être nue devant une dizaine d'élèves ne la dérangeait pas. Elle se sentait très à l'aise. Pourtant le regard insistant de Fabio, ses gestes aussi précis que ses paroles avaient réussi à la troubler. Ce fut d'abord agréable, puis elle en fut gênée peu à peu. Le « monstre » (selon son expression prononcée avec convoitise) se rendait compte de la situation et il en jouait, prenant plaisir à l'humilier en public.

— Je suis sûre qu'il savait que j'avais envie de lui, que je le voulais très fort, et qu'il le faisait exprès pour achever de m'affoler.

Le cours terminé, Sandra resta immobile, laissant tous les élèves sortir les uns après les autres, surtout une brunette qui se permit d'aller dire au revoir au maître avec des façons de privilégiée.

Quand ils furent seuls, Sandra se redressa, se dirigea vers lui, ses deux petits seins tendus. Accoudé au bureau, il la regarda à peine s'approcher. Elle secoua sa crinière sur sa croupe et, pour ne pas perdre l'avantage de sa nudité, elle se colla brutalement contre son corps, posant ses lèvres rouges sur sa bouche sèche.

— Tu me croiras si tu veux, s'énervait-elle en racontant, mais il n'a pas bronché, l'animal ! Il s'est laissé faire, restant de marbre, mimant l'indifférence. Puis il s'est libéré avec un sourire ironique pour me dire : « Ce n'est ni l'endroit ni l'heure, mais laissez-moi votre téléphone... »

Sandra avait obtenu un numéro facile à retenir, fort utile dans son métier. Fabio répéta tranquillement « 42 25 55 22 » avant de poser ses longues mains chaudes sur la poitrine palpitante de Sandra.

— Vous avez un corps sculptural... A bientôt...

Elle attendait un appel, depuis deux jours, tentant en vain de retrouver ses coordonnées. Elle plastronnait, l'apostrophait à coups de « monstre » et d'« animal ». Elle faisait la forte mais je la sentais peinée. Cela aurait pu être une réaction de fierté qui se croyait bafouée, mais je devinais confusément que c'était au cœur qu'elle était touchée. J'avais ri avec elle tant et tant de fois de ses aventures que je m'étonnais de ne point parvenir à rompre le silence, incapable de prononcer des paroles amicales. Je pressentais que mon amie vivait les débuts d'une passion véritable et qu'elle allait en souffrir. J'étais si décontenancée que je ne sus que prendre affectueusement sa main entre les miennes. Elle se détendit et reprit l'attaque :

— Écoute-moi, Béatrice, écoute-moi bien : je l'aurai ! Tu sais qu'aucun homme ne me résiste...

Mais le ton n'y était pas.

Mon tour de shampooing était venu. Sandra m'abandonna et se réinstalla au téléphone. Les instants où la shampouineuse me masse sont toujours euphoriques. Mon esprit vagabondait, tentant de recréer des images de celui qui avait chaviré les sens et le cœur de mon amie en résistant à ses avances. A quoi pouvait-il ressembler, ce beau ténébreux ?

Le charme de l'imaginaire fut rompu par l'intrusion exaspérée de Sandra.

— Chiotte ! s'exclamait-elle... Ce salaud est introuvable. J'en crève. Personne ne le connaît à l'École du Louvre, je viens de les appeler... Mais fais donc quelque chose, cherche, donne-moi au moins une bonne nouvelle !

— Pas une, ma chérie : deux.

Marc Olivier plaidait une affaire délicate à Toulouse. J'avais devant moi deux journées de liberté retrouvée. Ces petites séparations sont souvent profitables à un couple, elles permettent de rompre la monotonie. Je les appréciais sans imaginer pour autant être trop longtemps séparée de mon mari. Il finissait toujours par me manquer, ce qui prouvait peut-être tout simplement que je l'aimais encore.

— Cela n'en fait qu'une, bougonna Sandra.

— Patience ! Voici la seconde : ce soir nous fêterons ensemble mes « cent jours ».

J'avais préparé un faux anniversaire de mon premier trimestre de « photo-modèle », ou plutôt de « femme modèle » comme aimait à me taquiner Sandra. J'imaginais en plus que cette sortie chasserait ses idées noires. Nous ne ferions pas les folles. Nous nous montrerions juste pour sentir le regard des mâles posé sur des femmes libres. Les hommes ne voient jamais de la même façon une femme seule ou accompagnée. J'avais besoin du regard des autres pour m'épanouir. J'en profitais aussi souvent que possible, les provoquant s'il le fallait, tout en continuant à être fidèle à Marc Olivier, seule condition à mes yeux pour que le jeu ne dégénère pas.

Sandra m'évita la banalité des remarques du type « comme le temps passe... » Nous nous sommes lancées dans un dialogue entrecoupé de « Rappelle-toi... Tu te souviens... » et secoué de quelques hoquets de rire.

— Tu te rappelles ton premier ? Tu étais si intimidée de te déshabiller devant un inconnu qu'il avait dû tout t'expliquer, le malheureux ! Mimer les poses les plus efficaces, les plus suggestives, te faire cambrer les fesses pour qu'elles ressortent, te tenir droite pour que tes seins remontent, jaillissent... tout, quoi !

Ce Bernard était très bavard, généreux et sa bonne humeur avait su me décontracter. Au fil des séances nous étions devenus des amis. C'est lui qui m'avait enseigné à choisir vêtements et sous-vêtements en fonction du désir de l'homme. Une femme ne doit pas se déshabiller de la même façon devant un académicien, un commerçant ou un politicien. J'avais compris grâce à Bernard l'importance du visage sur une photo de nu. L'expression en est la clé. En feuilletant des magazines de charme avec mes clients, j'avais observé qu'ils craquaient tous pour un regard chargé de promesses. Mon exhibitionnisme latent fit le reste, un plaisir souterrain des plus confus me poussant à continuer.

— Est-ce que tu te souviens, Béatrice ?

Mais oui, c'était hier... J'étais arrivée à deux heures pile dans le studio de location, tout de bleu vêtue, selon les instructions. Un endroit neutre. La décoration était quasi inexistante, le canapé en tissu de velours noir contrastait avec la moquette rose pâle et seul un grand miroir ancien habillait les murs blancs. Cette pièce n'avait pas d'âme, elle vous mettait mal à l'aise.

Bernard travaillait dans la publicité où il avait une situation importante. Son passe-temps favori était la photo. Il ne s'exprimait qu'en noir et blanc, développait et tirait lui-même ses photos. Sa femme n'avait pas accès à son jardin secret. Bernard était persuadé qu'elle ignorait la nature de ses travaux personnels alors que je me doutais qu'elle préférait fermer les yeux.

Certaines des photos de la première séance étaient superbes. Malheureusement je ne pouvais plus les montrer, car j'en avais déchiré plusieurs. Je me fabriquais de minicomplexes sur telle ou telle partie de mon corps, de ma peau, de ma chevelure, comme toutes les femmes — et quand je repérais l'un d'eux sur une photo je ne voyais plus que ce détail. Je ne supportais ni mon cou, jugé trop grand, ni mon nez rond, qui accrochait parfois la lumière, et moins encore mon petit ventre tellement sexy mais qui se mettait soudain à me faire des plis tout à fait disgracieux. Il paraît que cela me rendait plus désirable mais je ne voulais pas en convenir. Bernard s'était défendu quand j'avais critiqué les clichés où je riais à gorge déployée. Moi je les trouvais vulgaires, lui excitants. J'en avais fait des confettis, avec rage.

Je compris par la suite qu'il avait encore plus de plaisir à les retirer pour manipuler une nouvelle fois ses précieux secrets. Dans le noir, dans ce laboratoire que sa femme respectait, il adorait assister à la naissance des photos. Peu à peu les formes de ses modèles apparaissaient dans le révélateur. Ses négatifs lui appartenaient, et à lui seul. Il en jouissait beaucoup plus ainsi enfermé à les développer que pendant les prises de vues.

Ce qui ne l'empêchait pas d'être satisfait du résultat, au contraire. Bernard appelait cela des nus académiques, mais si Marc Olivier les avait découverts il les aurait traités de nus pornographiques. Pour lui, des revues telles que *Penthouse* sont destinées aux impuissants et aux obsédés sexuels.

Bernard faisait partie de la célébration de mon anniversaire, à son insu, trop content d'obtenir un rendez-vous supplémentaire. Je quittai le coiffeur pour me rendre directement à son studio. Il avait forcé sur l'eau de toilette et en l'embrassant je ne pus m'empêcher de sourire. Je portais une robe (toujours bleue, bien sûr) cintrée, assez courte, que j'avais osé assortir de bas noirs. L'œil coquin de Bernard m'indiquait que l'effet était réussi. Il installait ses lumières, ce qui lui prenait un temps infiniment long. Je n'en tenais pas compte, par affection pour lui, je ne calculais l'heure de pose qu'à partir du premier déclic. Et puis il connaissait mon champagne préféré et ne manquait jamais de m'en servir.

Je buvais ma coupe en écoutant d'une oreille distraite ce qu'il comptait faire, surtout attentive à éviter ses mains. Il se disait amoureux et m'avait demandé un jour de lui faire l'amour. Cela m'avait vexée à un point tel que j'avais refusé de le revoir pendant plus d'un mois. Je n'avais accepté de revenir poser, une fois la punition purgée, qu'à la condition expresse qu'il ne prononcerait plus de paroles désobligeantes. J'admettais pourtant que faire des avances à une femme, cela n'avait rien de choquant en soi. Seulement j'étais différente des autres. Exhibitionniste quand je posais, sans aucune pudeur, je devenais timorée si l'on me touchait, même pour m'expliquer la pose. Je me recroquevillais littéralement. Tout devait se passer par l'intermédiaire de l'appareil photo, sans attouchements.

Je me sentais en forme, j'avais envie de commencer mon show. Bernard saisit le message et prit son vieil appareil. Il avait le même depuis plus de dix ans, il le connaissait par cœur et pour rien au monde il n'en aurait changé, il aurait eu le sentiment de devenir impuissant. Ce vieux compagnon était son complice, il en prenait grand soin. Il m'impatientait par sa lenteur entre deux déclics. Je préfère un appareil à moteur qui permet de bouger car je n'aime pas garder une pose trop longtemps.

D'un bond je me campe devant lui, avançant légèrement le buste afin de laisser le viseur plonger dans mon décolleté. Bernard a l'habitude de faire peu de photos du strip-tease. La séance ne l'intéresse que lorsque je suis nue. Il avait même essayé de me tromper en utilisant une fois un appareil sans pellicule. Je m'en étais rendu compte et il en avait rougi de honte. Quand on paie mille francs son modèle, on n'économise pas un rouleau de pellicule !

Je me sens belle avec un corps doré par le soleil qui prend merveilleusement la lumière artificielle. On peut deviner la texture d'une peau sur une photo. La mienne est douce et ferme.

Bernard arrive, dans le feu de l'action, à m'effleurer l'épaule, la cuisse ou la pointe d'un sein. Je découvre qu'à chaque fois il en éprouve une sensation intense qui électrise le creux de ses reins. Si je me cambre, il devine les parties intimes de mon être et se rapproche, instinctivement. Je me laisse aller quand je connais bien le photographe, je m'offre et deviens impudique. Je compare cette relation à l'acte d'amour où plus les amants se connaissent, plus leur ardeur est intense, leur union sans retenue.

Je me donne tout entière à la pose, bougeant sans cesse les bras. Dans le mouvement une main a trouvé mon sexe et sans m'en rendre compte au début, je le caresse. Bernard s'est avancé si près que je peux sentir son odeur d'homme. Je perçois ma respiration qui s'accélère, suivant mes doigts qui s'activent. Mon ventre s'est tendu vers l'objectif. Je savoure mon plaisir, les yeux fermés, bercée par le déclic de l'appareil. Bernard sait garder le silence pour fixer ces moments exceptionnels. Il ne se serait pas pardonné de rater ces photos !

Il n'entreprendra rien qui puisse rompre la magie, le moindre geste pouvant m'effaroucher et nous ramener brutalement à la réalité.

Confiante, je me suis allongée sur la moquette, ouvrant mes jambes comme si elles faisaient l'amour à l'objectif.

Les yeux mi-clos, j'observe Bernard, tendu, un peu rouge, les tempes transpirantes. Son désir se manifeste et j'ondule du bassin pour augmenter la tension. Une langueur chauffe mes cuisses, à cette minute précise, appelant l'autre corps. J'imagine en un éclair un homme s'enfouissant au creux de mon ventre...

Éclatant d'un rire nerveux, je me suis redressée brusquement et j'ai volontairement cassé ce climat torride. Il était temps de retrouver ses esprits. Bernard ne se rendait pas tout à fait compte de mon jeu, trop intérieur, trop féminin. Il ne connaissait pas suffisamment les femmes pour les comprendre.

L'heure était presque écoulée, Bernard semblait épuisé mais satisfait. Il avait obtenu des clichés érotiques qui lui promettaient de longs moments de plaisirs solitaires. A mon grand étonnement, il osa demander une faveur :

— Il me reste quelques poses sur le film... Béatrice, accepterais-tu que je fasse des photos de nous deux ? J'ai un déclencheur à distance.

Je l'ai foudroyé du regard, déçue, presque humiliée. Pourquoi les hommes veulent-ils donc toujours plus ?

— Enfin, vous n'y pensez pas...

J'avais repris le vouvoiement pour souligner la distance existant entre nous. Je l'ai écarté d'un geste agacé. Puis je lui ai infligé une punition suprême en commençant à me rhabiller, puisque d'habitude j'acceptais de rester nue pendant qu'il rangeait son matériel. Il avait compris qu'il était inutile d'insister, alors qu'il aurait aimé avoir cette photo, uniquement pour lui, pour pouvoir de temps en temps, quand il se sentait vieillir, regarder et penser : Oui, j'ai côtoyé cette fille superbe.

Bernard, blessé, se renfrognait. Je lui fis une bise

coquine, très appuyée, qui laissa la marque de mon rouge à lèvres sur sa joue. Il sourit aussitôt. Il se sentait à nouveau aimé. Il profita de l'avantage pour m'inviter à prendre un verre.

D'ordinaire je refusais. A l'occasion de mon « anniversaire » du jour je pouvais faire exception et l'accompagner dans un endroit sympathique.

Il m'emmena, très fier, dans un petit bistrot célèbre de la rive gauche où il était souvent venu avec Cécile. Cécile avait été sa maîtresse, enfin la seule dont il eût été follement amoureux. Peut-être était-elle un peu vulgaire mais aussi terriblement bandante ! Il avait laissé tomber ses autres maîtresses d'un jour pour elle. Il avait failli quitter son foyer malgré ses deux filles qu'il adorait. Jusqu'au jour où la cruelle vérité s'était imposée : Cécile ne l'aimait pas, elle n'en voulait qu'à son argent, qu'il lui offrait en généreux aveugle. « Quand on aime, on ne compte pas », se disait-il, sincère et naïf. Il tomba de très haut lorsque, par le plus pur des hasards, il se trouva face à face avec l'amant de cœur de Cécile. Il ne supporta pas d'avoir été ainsi trahi, il la détesta du jour au lendemain. Pis encore, il se méprisait toujours d'avoir été la dupe de cette femme marquée par les stigmates de la fille intéressée. Il se jura de ne plus la revoir, et ne la revit jamais ; mais il apprit à ses dépens qu'il est bien plus dur d'oublier quand la haine remplace l'amour. Il ne put pas toucher une femme pendant des mois tant la cicatrice était profonde. Il ne reprit goût à la vie qu'en se décidant à photographier des modèles ; de temps en temps il faisait l'amour avec elles, sans jamais retrouver l'extase que lui avait procurée Cécile.

Revenir avec moi dans ce bistrot familier était pour lui une revanche. Le patron ne nous quittait pas des yeux tout le temps que Bernard m'installe à une table. Je sentais à la fois le regard des autres hommes sur moi et la bouffée d'orgueil qui faisait refluer le sang au visage de Bernard. Il s'assit face à moi, me regarda droit dans les yeux.

— Béatrice, tu ne sais pas à quel point ce verre que tu as accepté compte pour moi. Tu me fais un immense cadeau.

La sincérité de Bernard me troublait. J'ai pris sa main dans les miennes en serrant fort pour lui transmettre ma chaleur. Je fondais de tendresse. Le patron vint rompre ce merveilleux silence en saluant Bernard qui me présenta, et il me rendit un hommage appuyé « avec la considération due à ma beauté ». Ce qui ne devait pas l'empêcher de se demander comment Bernard, un homme aussi quelconque, pouvait être avec cette femme, tellement différente de l'autre... Certes Cécile était une fort belle plante... dont les cheveux décolorés, le maquillage outrancier et les tenues, laissant deviner des rondeurs envahissantes, affichaient le sexe de façon trop insistante. Les hommes préfèrent sortir avec une femme distinguée et rentrer avec une bombe sexuelle.

Je pense qu'ils me trouvaient radieuse en cet instant car j'éprouvais une vive satisfaction intérieure de me savoir dans le cercle des connaissances de Bernard. Lorsqu'un homme accepte d'emmener une femme dans un lieu où il est connu, c'est toujours un hommage qu'il lui adresse.

J'en suis devenue volubile, questionnant Bernard sur sa petite famille, recueillant des nouvelles de tout le monde, même du chat et du perroquet qui venait d'apprendre trois mots nouveaux qu'il n'utilisait pas mieux que les précédents.

Remis en confiance, heureux de se montrer, Bernard se mit à m'expliquer pourquoi il était devenu photographe amateur. Je l'ai écouté avec grand intérêt. Si je connaissais mes propres motivations, je n'avais jamais vraiment réfléchi à celles de ces hommes qui me photographiaient, insistaient pour me revoir, alors qu'ils n'avaient qu'un infime espoir de parvenir jamais à me faire l'amour.

Bernard se racontait et m'ouvrait les yeux sur un univers insoupçonné, un univers d'alibis, de suggestions, de rêves, de fantasmes. L'appareil photo servait de prétexte à ces hommes. Ils étaient souvent un peu timides, ou déçus par les femmes. Par lâcheté, ils choisissaient cette solution.

J'avais eu quelques clients très jeunes. Ils étaient beaucoup moins patients quand ils se faisaient rembarrer. L'un d'eux, une fois, avait commencé à se masturber devant moi. Il avait sorti un sexe fortement en érection et quand j'avais voulu me sauver, il avait essayé de me retenir. Je l'avais giflé à la volée et j'étais partie sans me faire payer.

Choquée et furieuse, j'avais aussitôt téléphoné à Sandra pour lui relater mon aventure. Elle avait éclaté de rire en ajoutant :

— On voit bien que tu n'as pas de problèmes de fric !

Aujourd'hui, en repensant à cette scène, je comprends mieux les choses. Les hommes jeunes contrôlent plus difficilement leurs pulsions sexuelles. Depuis, j'avais orienté ma clientèle, composée en majorité d'hommes mûrs. Même s'ils n'étaient pas vraiment laids, aucun ne m'aurait séduite en d'autres circonstances.

Certains avaient peut-être du talent, mais je ne savais plus laquelle de ces deux passions l'emportait : celle de la femme ou celle de son image. Ce système leur permettait de rencontrer des jolies femmes disponibles, très disponibles, sans qu'elles soient tout à fait des putes.

Soudain, dans ce bar chaleureux et confortable, je me suis demandé s'il existait une différence et dans quelle mesure j'étais si dissemblable des autres filles parmi lesquelles je prenais plaisir à évoluer. J'étais assurée d'avoir des rapports différents avec mes photographes. Certains m'estimaient, ou encore m'adulaient presque comme une déesse inaccessible, alors que d'autres m'avaient méprisée et insultée.

Qu'importe ! J'ai découvert mon pouvoir en constatant le désir que je provoque chez les hommes. C'est une arme qui a changé mon comportement, me rend peu à peu sûre de moi. Je m'en suis servie pour aiguiser l'envie de mon mari. Je laisse parfois négligemment entrouverte la porte de ma chambre et je prends des poses évocatrices quand il passe et que je m'habille en tenant compte de ses goûts. Et surtout je ne refuse plus ses avances. Un homme supporte mal le refus de sa maîtresse, c'est une atteinte à sa virilité. Si au début il feint de comprendre, ensuite, par peur d'essuyer un refus, il se détache de l'objet désiré. Je ne supporte pas l'idée que Marc Olivier puisse me tromper et je préfère ainsi pactiser. De plus j'attache une véritable importance à l'acte sexuel, à la différence de Sandra pour qui c'est soit une nourriture soit une performance. Elle a tant offert son corps qu'elle ne peut plus le donner par amour, à l'inverse de moi qui ai eu si peu d'amants. Nos vies, nos comportements, nos jugements ne peuvent être que différents.

Bernard aime les blondes pulpeuses, cela explique qu'il ait un faible pour moi. Mais je crois surtout que le caractère autoritaire et dominateur de Sandra a eu raison de sa patience. Un jour, Sandra lui avait jeté ses quatre vérités au visage. Bernard, à juste titre, estimait qu'il payait pour obtenir du plaisir et non pas pour être critiqué. Depuis, il ne voulait plus entendre parler d'elle.

Nous en avions discuté, comme de vieux amis, et après mûre réflexion, j'avais décidé de faire une exception en lui confiant mon numéro de téléphone. J'avais placé ma confiance en Bernard et jusqu'à présent il ne l'avait pas déçue. Il appelait toujours aux heures autorisées. Aujourd'hui j'en recueillais les fruits et cela me flattait infiniment.

3

Je disposais de tout mon temps pour me préparer à ce dîner. J'essayai différentes combinaisons, de nouvelles associations de toilettes. Je me regardai dans la grande glace de ma chambre. Je me surpris une fois de plus à m'exhiber devant cet œil impersonnel qui me renvoyait mon image. Je m'amusai à inventer des poses indécentes. L'observation détaillée de ces parties cachées qui ne sont pas exposées dans la vie courante me troublait plus que je ne saurais dire.

Je revins à la recherche de ma toilette. Il n'était pas question de rivaliser avec les audaces de Sandra. Pourtant je voulais me rendre désirable, ce soir, et je me décidai pour une tenue plus sexy qu'à mon habitude. Encore nue, je la présentai devant moi, jambe tendue, et me regardai.

— Miroir, suis-je la plus belle ce soir ?

Je pris une voix grave et répondis :

— Oui, ma chère ! Cette robe de mousseline crème laisse deviner tous vos trésors.

Si je continuais à perdre mon temps à ce genre de scénarios solitaires, j'allais devenir follement narcissique en me jouant des contes de fées pour grande personne ; et j'allais, en plus, finir par être en retard. Un sursaut de bon sens me fit me préparer en vitesse. La dernière touche de maquillage fut plus élaborée.

Sandra habitait dans le seizième, un immeuble moderne avec jardins intérieurs dont le code d'accès changeait tous les deux ou trois mois à cause de la psychose latente d'insécurité de ses occupants. Je traversai le hall désert et j'attendis l'ascenseur. Quand la porte s'ouvrit lentement je me retrouvai nez à nez avec un bel homme qui me dévisagea sans la moindre retenue. J'étais hypnotisée par ce regard noir profond, à la fois glacial et enveloppant. Après quelques secondes, il fit un pas de côté, me laissant entrer, continuant à m'observer. J'appuyai sur le bouton du cinquième étage et me blottis dans le fond. J'étais gênée, troublée de me sentir ainsi dévorée. Rarement on avait osé être aussi direct. Il ne cherchait pas à dissimuler son jeu, il sollicitait même un affrontement. Je baissai la tête et fixai désespérément mes chaussures tout en maltraitant mon sac à main. Il s'approcha de moi jusqu'à humer mon parfum. Je l'entendis respirer, puis doucement me glisser à l'oreille :

— Béatrice... Vous êtes la femme la plus désirable que j'aie jamais rencontrée.

Je sursautai, mes yeux croisèrent les siens et leur intensité me bouleversa. Il me souriait, attendant un encouragement. Quelques mots s'entrechoquèrent dans mon cerveau sans que je puisse construire une phrase bien sentie pour riposter à cette agression. J'avais l'habitude de côtoyer le désir, d'écouter des compliments sur ma sensualité et cette phrase si souvent entendue : « J'ai envie de toi », susurrée par des inconnus. Je l'avais toujours assimilée à un jeu banal. Je me sentais protégée par mon statut de modèle intouchable, sorte de sex-symbol inviolable. Seulement dans cette cage, face à lui qui dégageait une force troublante, presque perverse, je devenais un être vulnérable et ma timidité me submergeait. Heureusement l'ascenseur me libéra ! Je sortis le plus dédaigneusement possible, guettant le déclic d'arrêt. Je sentais l'homme derrière mon dos. Je maudissais cette robe transparente qui me donnait le sentiment d'être nue. J'accélérai le pas et sonnai fébrilement. Quand Sandra ouvrit, je ne pus m'empêcher de lancer un coup d'œil dans le corridor où je vis l'homme me faire un signe d'adieu.

Au même moment les portes se refermèrent sur lui.

Mon amie prit à peine le temps de m'embrasser, poursuivant sa conversation téléphonique. J'étais d'habitude très patiente, connaissant sa passion pour le bavardage. Je me montrai nerveuse pour une fois, je voulais en savoir plus sur cet énigmatique visiteur. Je la regardai fixement, essayant de capter son attention, elle me fit un geste complice. Elle batifolait avec un interlocuteur mâle qui devait lui faire une cour effrénée.

Enfin elle raccrocha. Je la trouvais resplendissante dans sa minirobe rouge. Je l'enviais d'oser porter des tenues aussi spectaculaires qui attiraient tous les regards. Je pensais à cet homme qui l'avait admirée dans cette parure et j'éprouvai un début de jalousie tout à fait inexcusable et déplacé. Elle me demanda :

— Où as-tu retenu ?

Car bien sûr je me chargeais toujours des détails ennuyeux comme trouver une table libre à la dernière minute dans un endroit chic. Mon choix lui plut. Elle était d'excellente humeur. Je ne savais pas comment aborder le sujet qui me brûlait les lèvres. C'est elle qui me devança.

— Devine qui vient de sortir de chez moi ?

— Je ne sais pas, dis-moi, répondis-je, prudente.
Elle enchaîna aussitôt.

— Fabio... Il est resté plus d'une demi-heure et j'ai obtenu un dîner en amoureux pour demain soir. Alors tu comprends j'ai préféré organiser le tête-à-tête ici, c'est plus sûr pour le mettre dans mon lit.

Elle racontait avec enthousiasme, persuadée de devenir sa maîtresse dès le lendemain. Elle était radieuse et je n'eus pas envie de lui parler de la troublante rencontre que j'avais faite. Je ne voulais pas détourner son attention afin de ne pas lui gâter sa joie. Je ne tenais pas non plus à me dévoiler. Je préférais garder cet instant secret pour moi seule, pour qu'il ne perde rien de sa magie enchanteresse. Une petite hypocrisie en était le prix, vite adopté.

Notre entrée dans le restaurant ne passa pas inaperçue. Deux femmes seules qui ne ressemblent en rien à des lesbiennes ont toujours un franc succès dans un lieu public. De plus ma copine faisait de temps à autre de grands signes à de vagues connaissances et nous ne restions pas longtemps seules. Les hommes la regardaient comme une bête sexuelle. Ils la fixaient intensément ; je devinais leur désir, leurs pulsions, leur envie de la posséder sans imaginer un instant une vraie relation. Braqués sur ses disponibilités physiques, son exubérance, ils passaient à côté des qualités de cœur de Sandra. Une face méconnue de sa personnalité qu'un nombre infime de ses amants avaient devinée.

J'ai profité de l'intérêt subit qu'elle portait à un blond sportif pour payer discrètement l'addition, tâche ardue car elle adorait inviter alors que ses moyens ne le lui permettaient pas toujours. Le grand costaud s'était déjà installé à notre table à mon retour, et leur conversation ne laissait planer aucun doute sur la suite des événements. J'inventai une légère fatigue. Elle insista :

— Viens avec nous, chérie, on sort en boîte.

L'idée de me retrouver dans le bruit et la fumée, seule à côté d'un couple flirtant, ne me séduisait pas vraiment. Je déclinai l'invitation. Elle était déçue, du moins le disait-elle, bien qu'on pût faire confiance à son nouveau cavalier pour qu'elle oublie ma défection. Elle détestait à ce point la solitude qu'elle préférait se jeter dans les bras du premier venu pour ne pas rentrer seule.

Elle dormait mal la nuit, ses amants l'aidaient à lutter contre ses insomnies. Alors qu'elle paraissait vraiment amoureuse de Fabio, son attitude prouvait le contraire. Je ne pouvais guère douter de la réalité de ses sentiments pour ce peintre. Elle vibrait pour lui plus qu'elle ne l'avait jamais fait pour aucun autre. Depuis la troublante rencontre dans l'ascenseur, je concevais mieux qu'elle ait pu être frappée par ce coup de foudre inattendu.

Ce n'était pas exactement la soirée d'anniversaire à laquelle j'avais pensé. L'imprévisible l'avait perturbée et Sandra faisait la fête avec quelqu'un d'autre.

J'ai retrouvé ma chambre solitaire avec une sorte de soulagement. Je me suis blottie dans le creux de mon lit. J'adore le contact des draps de satin sur ma peau nue, mais ce soir il ne m'apportait pas le calme, l'apaisement attendu. J'avais envie de me sentir protégée. L'épaule confortable et rassurante de mon mari me manquait. J'étais heureuse par avance à l'idée de le retrouver demain. Ma main se glissa entre mes cuisses, légère, insistante... Le sommeil m'emporta enfin vers des rêves mouillés.

4

La baisse de température qui survint en fin d'après-midi était la bienvenue. Jusqu'alors l'atmosphère avait été oppressante pour mon corps encore habitué à l'hiver. L'air s'allégeait, je humais le vent du soir, je frémissais avec ma jument alezane dont le galop se faisait plus énergique.

Je savourais ce bon moment, le seul peut-être de ce week-end en Normandie, chez mes beaux-parents. Je subissais ces séjours en silence, car Marc Olivier adorait se retrouver dans le cocon familial.

Le club hippique, situé non loin de leur résidence, me fournissait heureusement l'alibi idéal pour m'échapper. J'avais commencé l'équitation assez tard. Plutôt douée, ou totalement inconsciente, j'étais partie seule en promenade après quelques leçons. Je me sentais libre en pleine nature, la vitesse me grisait. J'avais travaillé en manège, mais mon professeur me trouvait trop indulgente avec les chevaux. Je préférais trotter en forêt, les rênes longues. Après tout, mon compagnon avait le droit lui aussi de profiter de la sortie. Je n'avais jamais vraiment eu peur, riant de mes quelques chutes. Marc Olivier m'accompagnait parfois ; il n'était certes pas un brillant cavalier mais, coûte que coûte, il restait en selle. Il ne comprenait pas bien pourquoi ce sport qui me passionnait restait épisodique. Il me poussait à le pratiquer tous les jours, prêt à m'acheter une monture. Je crois qu'il aurait préféré me savoir à cheval plutôt qu'en compagnie de Sandra.

Je ne pouvais pas lui donner tort. Je ne pouvais pas, non plus, lui avouer que j'avais trouvé un tout autre dérivatif. Ce n'était peut-être pas vraiment un sport mais c'était un jeu au moins aussi dangereux.

Nous étions repassés à l'allure la plus lente. Les senteurs d'humus profond se mariaient à celles des cuirs tiédis. Je flattai l'encolure de ma jument, la laissant rentrer à l'écurie d'un pas décidé. Elle savait que son repas l'attendait. Je souris à mon mari, il était si différent en tenue décontractée. Il se rapprocha de moi et me prit la main. Nous étions tout simplement heureux.

Une douche tonique me revigora dès notre retour à la villa. Je m'éclipsai dans le jardin, laissant Marc Olivier avec sa famille. Je feuilletai mes magazines de mode, allongée dans une chaise longue. Le bien-être de la détente m'envahissait quand j'entendis le déclic caractéristique d'un appareil photo. Je bondis hors de mon siège et me trouvai nez à nez avec Marc Olivier, penaud, qui trouva une sorte d'excuse :

— Tu es si belle dans cette robe jaune d'or.

Comme je ne répondais rien à sa banalité, il ajouta :

— Je n'ai pas pu résister.

— Mais tu sais bien que j'ai horreur d'être prise en photo sans que je le sache !

— Oui ! me répondit-il dans un sourire figé.

Je compris le ridicule de la situation. Il ne pouvait pas supposer que pour moi c'était devenu une occupation, presque une profession.

Ma belle-mère, de loin, n'avait rien perdu de la scène. Elle me pénétrait de son regard gris acier, marquait sa désapprobation d'un léger mouvement de tête, le menton en avant. Alors, pour la narguer, je m'abandonnai dans les bras de mon homme. Il m'enlaça tendrement et proposa de me rapporter un cocktail dont il avait le secret. L'incident était clos. Je me désintéressai totalement de ce que pouvait penser cette vieille femme qui m'avait de toute façon détestée depuis toujours.

Elle me jugeait responsable de la rupture de son fils avec sa première épouse, Patricia. C'était une fille bien sous tout rapport, d'une famille très riche, ce qui était loin d'être mon cas. Mes beaux-parents étaient eux aussi d'une condition moyenne et ils s'étaient privés pour offrir des études à leur fils unique, un brillant sujet qui avait répondu à toutes leurs espérances. Son mariage avec Patricia, quelques mois après leur rencontre, correspondait à leurs aspirations. Il leur avait également servi à s'élever financièrement et socialement.

Le couple avait mené une vie très mondaine durant ses sept années de vie commune. Patricia connaissait le Tout-Paris, ce qui avait favorisé sa carrière d'avocat. Ce bel édifice s'écroula après la naissance de leur fils qui, à un an, mourut tragiquement d'une méningite aiguë. Lui, ravagé par la douleur, ne désirait plus voir personne ; elle, au contraire, avait besoin de s'oublier dans la fréquentation de ses innombrables relations. Ce fut le début de leurs problèmes. Ils se disputaient pour la moindre broutille. Leur vie sexuelle n'était pas reluisante. Elle le trompait ouvertement, il n'y prêtait guère attention ; puis un jour, lassé, il demanda le divorce. Quelques semaines plus tard, il me rencontrait à une fête où j'étais venue accompagnée de

Sandra. Il m'avait observée toute la soirée et je crois qu'il est tombé amoureux de moi dès cet instant. J'avais certes remarqué son intérêt qui me flattait agréablement, mais je ne me suis laissé séduire que peu à peu. Il a su me faire une cour assidue et me conquérir par son charme.

Notre relation a rendu de toute évidence leur séparation plus délicate à conclure. Je n'en connais que les grandes lignes, je n'ai pas recueilli de confidences, j'ai pu par contre observer que pendant longtemps il refusa de la revoir. Aujourd'hui, quatre ans plus tard, il arrive qu'ils soient invités ensemble pour un dîner. Je la soupçonne d'ailleurs de provoquer pareilles retrouvailles.

Elle nourrit le secret espoir de le récupérer, peut-être parce qu'elle le sait heureux avec une autre. Nous supportons souvent mal d'être trop vite et trop bien remplacés. Je surveille très attentivement mon mari dans ces occasions. Il semble s'amuser de ce double intérêt et il a toujours le tact de me jurer amour et fidélité dès que nous nous retrouvons seuls. Je me venge alors en critiquant ma rivale. C'est facile, elle a dix ans de plus que moi et, aux abords de la quarantaine, elle s'est beaucoup durcie.

Cette femme de tête, et belle, qui a eu du succès à vingt ans, ressemble de plus en plus à une sorcière en vieillissant. On dirait de plus qu'elle s'ingénie à faire le nécessaire pour soutenir la comparaison. Ses cheveux sont de plus en plus roux, une couleur qui provoque depuis une véritable répulsion chez moi.

Je crois que Marc Olivier a gagné au change, sans vaine forfanterie; d'ailleurs ses anciens amis constatent qu'il est plus heureux, plus calme, mieux épanoui. Seuls ses parents regrettent l'époque où leur fils était photographié dans *Vogue* à côté des princesses et des stars.

La cassure définitive avec ma belle-famille s'est produite le jour où j'ai osé déclarer que je n'avais pas la fibre maternelle. Ma belle-mère m'agressa comme une harpie. Marc Olivier assista impuissant à une altercation terrible. Depuis, l'indifférence s'est installée, pire encore : un mépris réciproque. Lui souffre de cet état de fait mais il connaît trop et l'une et l'autre pour ignorer l'inéluctable. Sa mère est têtue comme un âne, sans doute à cause de son signe, Capricorne ascendant Capricorne. Quant à moi, je ne désire faire aucun effort puisque je me sens mal aimée. Alors nous supportons la cohabitation occasionnelle par amour pour le même homme.

Il revint avec la boisson rafraîchissante promise. Je le remerciai en l'embrassant. Il s'installa à mes pieds et sa main remonta entre mes cuisses, tout doucement. Je fermai les yeux pour mieux sentir la caresse.

— Le dîner est prêt... glapit la voix stridente de ma belle-mère.

La magie d'une douce soirée était démolie pour la seconde fois.

Marc Olivier, soucieux d'éviter un nouvel affrontement, répondit avec presque trop d'empressement dans la voix — à moins que ce ne fut dû au geste précis qu'il faisait :

— Oui, maman, nous arrivons dans une minute...

Je savourai ces quelques secondes de répit en flirtant outrageusement. J'entendis la porte de la cuisine claquer très fort : elle enrageait !

Le repas débuta dans une ambiance pesante, puis l'atmosphère s'améliora petit à petit grâce à mon beau-père. Cet homme vrai avait dû beaucoup souffrir, dans sa chair, des traces douloureuses laissées par des années passées comme prisonnier de guerre. Ensuite il avait consacré sa vie à travailler et avait attendu sa retraite comme une délivrance. C'était à présent un être usé mais qui gardait au fond des yeux une lueur vive, témoin de cette bonté avec laquelle il aplanissait les situations trop tendues.

La conversation s'attarda sur les relations communes de mon mari et de sa mère. Cela m'agaçait autant qu'eux s'en délectaient. Ce soir pourtant, au lieu de m'énerver, je laissai mes pensées vagabonder. Leurs paroles devinrent indistinctes, vague fond sonore. Je glissai ma main le long de ma cuisse gauche, décidée à bien continuer ce que Marc Olivier avait commencé. J'éprouvais un drôle de plaisir à m'effleurer doucement sans quitter ma belle-mère du regard. J'imaginais sa tête si elle avait pu voir ce qui défilait derrière mes yeux.

Les images de ma séance de la semaine passée revivaient pendant que je me touchais. Mon client était vraiment sympathique, amusant. Mais hélas ! Dès les premières poses, son exubérance se transforma en vulgarité. Il débitait des phrases triviales qui m'avaient bouleversée après coup. J'entendais ces expressions affreuses en continuant à me caresser sous cette robe ample qui ne dressait aucun obstacle entre mon sexe et mes longs doigts agiles.

Mes seins avaient inspiré plus particulièrement les litanies paillardes de mon client : « Avantages, flotteurs, mappemondes, avant-postes... » Il me faisait découvrir des appellations saugrenues : « Nibards, bossons, herbe à grimper... » L'anatomie entière y passa.

— Remue du croupion, vas-y ! Allez... branle-toi... astique ta figue... Écarte-lui bien les babines...

Il en rajoutait tellement que je ne pouvais pas

m'empêcher de rire. Plus je riais, plus il en inventait d'autres. Il me lança, profitant de cette complicité :

— Ô ma garce ! je suis chaud de la pointe...

Et au cas où j'aurais mis sa parole en doute, il sortit de son pantalon un sexe énorme et turgescent, un objet si impressionnant que je fus flattée d'être la cause de cette démesure. Je l'ai qualifié de braquemart sans trop savoir pourquoi — peut-être parce que je l'avais inconsciemment comparé à celui de mon mari, beaucoup moins bien monté.

Le photographe amateur s'était approché avec l'intention avouée de me « grimper ». Alors fini de rire, finis les jeux de mots. Je m'étais ressaisie, me fâchant ferme, joignant le geste à la parole pour éviter de me faire violer. Il m'avait couverte d'injures en rangeant son outil, son appareil, et il s'était sauvé après une dernière bordée ordurière qui résonnait encore à mes oreilles.

La bouche légèrement entrouverte j'étais loin de la Normandie quand j'ai senti la main de Marc Olivier sur mon autre cuisse. Je sursautai, il me regarda, surpris de voir mes yeux chargés de désir. J'observai à la dérobée mes beaux-parents et je les trouvai vraiment trop coincés. Le contraste entre les deux situations me fit rire.

— Chérie, tu as trop bu, déclara-t-il pour sauver les apparences.

Je lui retournai son coup d'œil complice.

— Tu as raison et puis je meurs de sommeil. Je vais me coucher. Rejoins-moi vite.

J'espérais qu'il capterait le message et profiterait du lit commun que nous avions ici. Je dis bonsoir gentiment à mon beau-père, sèchement à ma belle-mère.

Je me suis déshabillée très vite pour me glisser dans le grand lit campagnard. La chambre fleurait bon la lavande. J'enfouis ma tête dans l'édredon. Mon corps attendait celui qui tardait trop à monter. J'avais envie de l'appeler, mais peut-être par orgueil, peut-être par fatigue, j'y renonçai. Je les entendais discuter et j'imaginais que mon absence favorisait leurs papotages mondains.

Il ne me rejoignit que bien plus tard. Il n'osa pas me réveiller et se coucha sans bruit à mes côtés. Il frôla mes hanches, s'attarda en un geste attendri sur le haut de mon épaule. Du fond de ma torpeur je sentis au creux des reins une chose dure, tendue et gonflée de désir... Mais ce soir-là, le sommeil avait vaincu l'amour.

5

La maison de Saint-Cloud m'est apparue comme un havre de grâce après cette « partie de campagne ». Certains reviennent de leur week-end transformés, reposés, moi je rentrais vidée, les nerfs fatigués.

J'avais du temps devant moi avant d'aller prendre le thé chez Sandra. Je suis donc partie du côté de Pigalle faire du shopping. Il était temps que je renouvelle mes parures et mes mises en scène. Les hommes sensibles aux sous-vêtements sont ceux dont le désir est inversement proportionnel au centimètre carré de tissu. Mes clients sont très friands de dentelles, fanfreluches et transparences. Ils aiment aussi le changement, la nouveauté et il est difficile de porter plusieurs fois le même body devant eux. Je me demande comment font les autres filles qui posent pour économiser un peu d'argent, car tout ce que je gagne passe en bas, talons aiguilles, soutiens-gorge pigeonnants et autres culottes de folie à la brésilienne.

Pigalle est le coin idéal pour découvrir de l'inédit aguicheur. Je me voyais mal faire ces sortes d'emplettes dans mon quartier, à part peut-être les bas-jarretières ou les bas opaques, impossible d'y trouver la moindre originalité érotique.

J'aimais à faire un repérage des vitrines rivalisant de couleurs, toutes plus criardes les unes que les autres. J'avais du mal à me décider car je sortais peu des coloris classiques, en définitive. J'osais parfois mélanger le noir avec du violet ou du rose. Cela me lassait rapidement. La chemisette rouge et parme que m'avait offerte Bernard était à jamais enfouie au fond d'une armoire.

Les clientes habituelles devaient amortir leurs tenues beaucoup mieux que moi. De plus je rechignais à mettre mille francs dans une guêpière et j'y regardais à deux fois. Quant à Marc Olivier, il n'avait droit de toute façon qu'aux dessous les plus traditionnels ainsi qu'aux porte-jarretelles noirs ou blancs, ne serait-ce que pour éviter d'éveiller ses soupçons par des déshabillages plus exotiques.

Je me sens si peu à l'aise dans ces rues où l'amour a des relents d'argent et de sexe, que je m'étais habillée de façon austère, presque déguisée. Mon tailleur gris avec un chemisier sombre et mes cheveux tirés me donnaient un air d'institutrice. Ainsi j'avais l'impression de moins attirer les regards. Précaution illusoire car les passants m'examinaient curieusement dès que je tombais trop longtemps en arrêt devant un magasin. Je suis donc entrée dans une boutique qui m'avait étonnée plus que les autres.

Une vieille pute recyclée faisant office de patronne me dévisagea, intriguée. J'achetai sans discuter, pour l'amadouer, quelques paires de bas, de minuscules culottes noires en dentelle qui plaisaient à mon époux. Elle se déridait au fil de mes achats, pensant avoir affaire à une bourgeoise venue s'encanailler. Elle recensait déjà les vieux modèles traînant dans ses tiroirs qu'elle allait pouvoir me refiler. Je l'ai devancée en demandant à essayer les derniers bodys.

Un tigré m'avait attiré l'œil, un imprimé à deux tons pastel de tabac blond et de bois de rose. Un système astucieux de pressions permettait en une seconde de laisser surgir le sexe et je m'amusai plusieurs fois à faire mousser mes touffes blondes. L'effet était délicieux. Une autre parure me tentait, un deux-pièces avec un rien de culotte coquine et surtout un berceau à seins en coquille. Dès qu'on le portait on avait la sensation que deux mains vous malaxaient la poitrine par en dessous et cela vous remuait toute. Lui aussi tirait sur un brun-roux suivant une mode qui devait s'inspirer de Tarzan, de King-Kong, du mythe de l'homme des bois qui vous emporte pour vous violer à sa guise.

Je les écartai pour du parme soutenu, en trois pièces. Je me regardai sous l'œil critique de la commerçante. J'écoutai ses conseils par pure diplomatie. Elle était attifée avec un incroyable mauvais goût. Un pantalon de cuir la boudinait, un chemisier jaune craquait sous la pression d'une opulente poitrine qu'un soutien-gorge noir contenait mal. Elle me complimentait sur mes « formes sexy » avec des exclamations outrancières. Je l'ai laissé dire et me suis décidée pour un amour de body à trou-trous, très petite fille modèle, en satin ponceau bordé de petites dentelles blanches, sûre de l'effet qu'il produirait quand je l'ouvrirais sur mes blondeurs.

J'ai réglé la maquerelle en liquide ; les billets ont disparu à toute vitesse dans la crevasse de son décolleté. J'allais sortir, la main sur le bec-de-cane, quand j'ai aperçu Sylvie, la secrétaire de mon mari. Elle m'observait, plantée de l'autre côté de la rue. J'ai paniqué car je ne savais pas depuis combien de temps elle m'épiait. Je ne pouvais pas douter de son dévouement à son patron, dont elle était en silence amoureuse. Marc Olivier, pour couper court, lui avait dressé de nous le tableau du couple parfait, et de moi celui de la femme saine, fidèle, aimant les distractions artistiques et la blancheur. Bref, elle pouvait s'autoriser à se montrer vigilante en se demandant ce que je faisais dans un pareil endroit !

J'hésitai : si je feignais de l'ignorer, elle se précipiterait pour raconter l'aventure... Mieux valait l'affronter. Je me dirigeai vers elle, la main tendue. L'embarras se lisait sur son visage.

— Bonjour, que faites-vous à cette heure ? C'est drôle de se retrouver ici, non ? Surtout, je vous en prie, ne dites rien à Marc Olivier. Je veux lui faire une surprise que seules des femmes peuvent comprendre.

Et sans lui laisser le temps de répondre, je tournai les talons et m'éloignai vers le carrefour. Elle resta immobile, figée, consternée. Pas longtemps car elle traversa et entra dans le magasin. C'était le genre de fille naturellement avenante et d'abord facile qui n'aurait aucune difficulté à s'entendre avec la patronne et à connaître mes achats en détail.

L'incident occupa mes pensées pendant que je conduisais pour arriver chez Sandra. Elle m'accueillit en jean avec un tee-shirt large, pieds nus, mal arrangée, ce qui dénotait une humeur maussade. Je brisai la glace sans attendre.

— Alors, ta soirée en amoureux ?

— Patiente ! J'en ai, des choses à te raconter !...

Sa voix était moins enjouée qu'à l'ordinaire. Je m'attristai de la voir ainsi atteinte, d'autant que c'était fort rare.

— Surtout n'oublie rien, lui dis-je en m'installant, attentive.

— Figure-toi qu'il m'a d'abord décommandée, renvoyée au lendemain et qu'il a préféré que je vienne chez lui. Il a un loft, d'accord pas dans le seizième, dans le dix-neuvième... mais superbe. Je suis arrivée en avance et je ne l'ai pas trouvé seul. Il n'a pas caché son agacement en me présentant du bout des lèvres à une fille complètement nue qui était en train de poser pour lui. Comment te dire ? une grande asperge androgyne, sans complexe, qui le dévorait des yeux et m'ignorait impérialement. Elle se pavanait sur un vieux canapé Chesterfield et gardait la pose. Il s'est exécuté en trois mots. « Sandra, voici Maggie. »

« J'aurais dû avoir l'intelligence de me tirer au lieu d'accepter le verre qu'il me servait. La Maggie prenait des postures complètement impudiques qu'il photographiait pour les mettre en scène dans ses futurs tableaux, paraît-il. Je feignais de ne pas m'intéresser à eux. Je regardais les toiles éparpillées dans l'atelier, gouaches et aquarelles pour la plupart, représentant des femmes nues rendues d'un trait sensuel.

« Il ne manque pas de talent, tu sais... au contraire. Mais ce qui m'a le plus frappée, c'est la pauvreté de la décoration du loft. J'ai senti qu'il joignait difficilement les deux bouts. Ce qui l'oblige sans doute à donner des cours à des donzelles en attendant que quelqu'un le révèle au grand public.

« Enfin il a envoyé Maggie se rhabiller. Elle s'est approchée de lui, creusant son ventre plat. Il a caressé un de ses seins minuscules. Elle a mis les deux bras autour de son cou pour se redresser. Ils ont flirté ainsi devant moi, sans pudeur. J'ai protesté :

« — Si je vous gêne dites-le-moi !

« — Tu n'avais qu'à pas arriver si tôt.

« J'enrageais mais j'ai ravalé les paroles vengeresses qui allaient sortir. L'autre gardait les yeux baissés, s'habillait sans hâte ; cédant la place sans la moindre agressivité. Elle doit être habituée aux attitudes d'un Fabio vivant environné de femelles. Il l'a raccompagnée et je les ai suivis sur le palier, bien décidée à les empêcher d'avoir une autre étreinte.

« Tu ne peux pas savoir dans quel état j'étais en pensant que cette fois nous étions seuls, bien seuls. Je me précipitai sur lui, je le dévorai, je défaillais :

« — J'avais tellement envie de te voir.

« Il a répondu à mes avances, sa main s'est faufilée sous mes vêtements, les fripant, je l'ai aidé à retirer mon string. Il m'a entraînée sans mot dire vers les cuirs du Chesterfield qui avaient dû en voir tant d'autres. Il m'a basculée en avant, il a soulevé ma robe, cul par-dessus tête, pelotant mes fesses, les faisant jaillir. Je me suis tendue vers lui et il m'a prise aussitôt, d'un seul trait, d'un rut bestial et sublime. Je ne sais plus combien de fois j'ai joui pendant qu'il me prenait ainsi agenouillée sous lui. Quand il m'a sentie rassasiée, il s'est libéré, centimètre par centimètre, me faisant jouir encore une fois. Puis il s'est dirigé vers la salle de bains, désinvolte, toujours aussi muet.

« J'étais désorientée, les cuisses trempées, renvoyée au néant, alors que j'attendais un flot de tendresse, quelques mots d'amour. Il est revenu comme si de rien n'était pour me dire :

« — Dépêche-toi, nous allons chez des amis, c'est important pour moi, grouille...

« Adieu mon petit repas aux chandelles, adieu déclarations enflammées !

« Et pourtant je n'ai pas protesté, peut-être pour paraître plus forte que lui. Je me suis rajustée et je l'ai suivi, bêtement soumise.

« Il roule dans une vieille Mercedes crème, cadeau d'une de ses riches admiratrices. Il m'a expliqué en conduisant que nous allions chez son ami Antoine, un antiquaire assez connu, qui l'aide dans son travail. Antoine lui présente des femmes pour des portraits, Fabio leur vend une de ses œuvres... Je crains fort qu'il ne fasse pas que leur proposer des toiles.

« Ils ont discuté de leurs affaires et il m'a presque ignorée tout le long de la soirée. Heureusement que son copain était sympathique, tellement différent...

« Maintenant tu connais les détails sordides de notre souper en amoureux. »

Sa voix était chargée de tristesse. Je l'ai prise contre moi, une larme coulait sur sa joue. Je l'ai essuyée et lui ai murmuré :

— Tu vas le revoir bientôt, j'en suis sûre.

Elle m'a répondu entre deux sanglots :

— Oui, il veut que j'organise une rencontre entre vous deux. Il m'a parlé de toi. Il t'a croisée en sortant de chez moi et je crois qu'il aimerait vraiment que tu poses pour lui. Je n'ai pas donné ton numéro de téléphone. Je voulais t'en parler avant qu'il ne me rappelle.

Cette marque d'intérêt aurait dû me rendre fière ; bien au contraire je n'avais aucune envie de m'en réjouir. Je haïssais cet homme qui faisait souffrir Sandra et l'idée de me retrouver nue devant ce mufle m'était insupportable.

— Tu ne crois pas que je vais accepter après ce qu'il t'a fait, c'est hors de question !

— Ah bon... Tu oublies qu'il m'a donné du plaisir comme à une chatte en chaleur et autant que j'en ai voulu. (Elle a éclaté de rire en poursuivant :) Et là je suis imbattable, crois-moi... Écoute, tu ne peux pas me refuser ça, j'ai envie de l'avoir et il faut que tu m'aides.

— Je ne vois pas réellement le rapport... Enfin, on verra.

— Chérie, tu ne connais pas assez les hommes et puis tu n'es pas assez perverse. Laisse-moi faire.

Elle retrouvait son optimisme en combinant une suite à l'aventure. Je ne suis pas certaine qu'elle était aussi convaincue qu'elle voulait bien me le faire croire. En tout cas, sa vitalité la propulsait en avant.

Je me rendis compte que je me mettais en retard. Je la quittai après que nous nous fûmes entendues pour nous retrouver dès le lendemain.

Je me suis infiltrée comme j'ai pu dans le trafic parisien. Je n'ai pas pu m'empêcher de revivre la brève étreinte qui avait transporté Sandra, et mon bas-ventre se rappela à moi. Il m'arrivait de plus en plus souvent de penser à l'érection d'un autre homme me pénétrant. Peut-être devrais-je arrêter ma profession de modèle, ou alors tromper mon mari, une fois, une seule, afin de voir...

Cette idée qui m'aurait été insupportable naguère me semblait être la solution à l'équilibre futur de notre couple. Je savais pourtant que Marc Olivier n'accepterait pas la moindre infidélité, Patricia l'avait marqué à vie. Cette crainte le taraudait et il m'avait maintes fois répété :

— Si tu me trompes, je te quitte.

— Moi aussi, avais-je répondu en plaisantant.

Mais lui ne plaisantait pas. Après nous faisions l'amour et il arrivait ces soirs-là à me donner du plaisir.

Ou plutôt un plaisir, car j'imaginais qu'il y en avait d'autres. Sandra me décrivait ses orgasmes quand une verge la pénétrait et les mots qu'elle employait me laissaient rêveuse.

Je regardais ces hommes seuls dans les embouteillages et je me suis mise à fantasmer. C'était une manière comme une autre de supporter cette quasi-immobilité, plus originale de toute façon que de s'irriter à compter les minutes de retard qui s'accumulaient.

J'ai grimpé à pied les trois étages de l'avenue de Wagram pour gagner quelques secondes. J'ai eu la mauvaise surprise de voir Sylvie m'ouvrir la porte ; passé vingt heures, cette présence suspecte m'inquiétait.

Elle collaborait avec Marc Olivier depuis plus de quatre ans, connaissait ses dossiers et c'était sûrement une excellente secrétaire qu'il avait peur de perdre. Elle avait du charme et elle s'occupait beaucoup trop de lui à mon goût. Je la soupçonnais même de lui faire des avances. Il n'aurait eu qu'un geste à faire pour qu'elle tombe dans ses bras. Je le mettais parfois en garde contre les dangers qu'il y a à coucher avec « le personnel ». Il me rassurait en disant : « Mais je ne l'ai même pas supposé. »

Quoi qu'il en dise, je l'imaginais, dans les moments de fatigue, les nerfs usés par une affaire difficile, se laissant dorloter par elle. Ne passait-elle pas plus d'heures en sa compagnie que moi ? N'était-elle pas au courant de ses problèmes professionnels ? Je n'étais pas souvent réceptive quand il me parlait de son métier, je m'ennuyais vite, alors qu'avec Sylvie il avait une confidente à sa portée.

Je la dévisageai sans complaisance. Il faut reconnaître qu'elle est mignonne, menue, petite. Ses yeux bleus, malicieux, animent son visage. Elle sait les mettre en valeur en maquillant peu ou pas sa bouche rieuse. Quelques mèches brunes s'échappent de son chignon, folâtres. De plus elle sait s'habiller. Elle portait ce soir-là une jupe étroite avec un chemisier soyeux, sans soutien-gorge.

Elle me proposa de m'asseoir car Marc Olivier poursuivait une interminable communication avec une cliente. Je refusai pour marquer la stupide supériorité que j'éprouvais le besoin d'exprimer face à elle. Je frappai d'un petit coup bref et entrai discrètement dans l'immense bureau. Le visage de mon mari s'éclaira quand il me vit. J'aimais ce sourire. Il parlait et je le sentais nerveux à la façon dont il jouait avec son stylo.

— Bon, écoutez, de toute façon on se voit demain, nous aurons le temps de reparler de tous ces détails avant l'audience.

Il me fit un signe, je l'embrassai dans le cou, il me laissa m'asseoir sur ses genoux. Il m'observait intensément. Enfin il raccrocha.

— Viens, partons, je n'en peux plus.

Sylvie tapait à la machine. Marc Olivier s'approcha d'elle.

— Vous êtes encore là ! Vous êtes vraiment un modèle.

Il aurait pu choisir un autre qualificatif que celui-là. Elle lui répondit, de surcroît, avec un sourire enjôleur :

— Je m'en irai dès que j'aurai terminé cette frappe : vous vouliez qu'elle soit prête le plus vite possible.

— Merci, ma chérie, bonne soirée et à demain.

Il l'embrassa sur les deux joues. Je savais qu'il avait tendance à appeler toutes les femmes « ma chérie ». C'était plus une habitude qu'autre chose. Il n'empêche que l'entendre ainsi s'adresser à une éventuelle rivale me déplaisait. Sans y voir un signe de préférence je pouvais l'interpréter comme un encouragement excessif. Je me dirigeai donc vers la porte sans saluer Sylvie.

Je démarrai brutalement, les portières à peine

fermées, et je me réfugiai dans un mutisme contrarié. Ce fut lui qui rompit le silence.

— Chérie, tu as des problèmes ?

Je gardai les yeux rivés sur la route pour m'exclamer :

— Chérie, chérie, encore chérie ! Si tu crois que c'est drôle de t'entendre appeler Sylvie comme ça !

Je bouillais. Sa voix monta d'un ton quand il me répondit :

— Écoute, c'est une fille qui n'a pas eu la vie facile et j'ai quand même le droit d'avoir des rapports amicaux avec ma secrétaire.

— C'est ça, console-la de ses malheurs : un patron, c'est fait pour ça...

— Tu es ridicule, Béatrice, coupa-t-il. Dis-moi plutôt ce que tu faisais à Pigalle cet après-midi, je croyais que tu préférais faire tes courses dans les quartiers chics.

— Alors tu me fais surveiller maintenant ? Ou c'est cette peste qui a mouchardé. Et d'abord, qu'est-ce qu'elle foutait à Pigalle ?

— Réponds-moi plutôt.

— Quand tu m'auras dit ce qu'elle t'a rapporté.

— Que tu achetais un genre de vêtements avec lesquels je ne te vois jamais. Dis-moi pour qui tu les as choisis.

Les répliques fusaient. Cette saleté avait parlé, déjouant mes plans. Je me suis sentie démasquée. Il me fallait réagir vite pour ne pas perdre pied. Je savais que mon explication ne tiendrait pas vraiment la route. Je me concentrai sur ma réponse et, absorbée par cet effort, brûlai un feu rouge.

Au carrefour, les voitures klaxonnaient, une véritable cacophonic.

— En plus tu vas nous tuer ! ajouta Marc Olivier, pâle, excédé.

Stoppée par le feu suivant, je me tournai vers lui.

— Mon chéri, je voulais te faire une grosse surprise. Je voulais me déguiser en pute, et voir ta tête... Si tu ne me crois pas, tu n'as qu'à inventorier le sac que j'ai glissé derrière mon siège. Je suis mécontente, peinée, parce que c'est raté, un point c'est tout. Sylvie m'avait pourtant promis de ne rien te dire. Je t'aime et tu me fais une scène stupide alors que je voulais m'amuser avec toi.

Les larmes envahirent mes yeux, je tremblais nerveusement. Il était désarmé ; sa colère tomba d'un seul coup et il m'enlaça.

Le feu était passé au vert, un second concert de klaxons nous ramena à la réalité. Je redémarrai, soulagée, l'orage était passé, dispersé dans de petits rires. La perspective de me découvrir dans une tenue étrangère pour lui semblait l'émoustiller à un point tel qu'il me pressait de rentrer.

A peine avions-nous franchi la porte qu'il déclara d'un air entendu :

— Je t'attends au salon.

Je ne l'avais encore jamais vu dans cet état. Lui d'habitude si distant devenait tout d'un coup entreprenant. Je montai dans ma chambre et choisis le costume le plus vulgaire de ma garde-robe secrète. J'agrafai un corset noir et or, j'enfilai des bas résilles couture, je me perchai sur des escarpins vernis rouges, recherchant les fautes de goût qui rehausseraient la trivialité de ma parure.

Depuis que j'étais rompue à ces préparatifs, je savais prendre mon temps afin d'augmenter la tension érotique. J'ai accentué mon maquillage jusqu'à l'outrance. Puis j'ai suavement appelé mon mari. J'avais allumé trois chandelles autour du lit, les flammes dansaient en dessinant des ombres mouvantes sur les draps satinés, l'odeur de cire évoquait le temps des courtisanes.

Marc Olivier se figea à l'entrée de ma chambre. Il avait du mal à me reconnaître. J'ondulai vers lui, la poitrine agressive, le bassin ouvertement offert.

— Tu viens...

Il fit un signe affirmatif de la tête. Je me suis agenouillée devant lui. J'ai sorti son sexe, mimant les gestes d'une sensuelle odalisque, papillonnant des doigts, pointant de la langue avant de l'engloutir. Je m'appliquais. Je sentais sa virilité battre dans ma bouche. C'était peut-être la première fois que je lui faisais une fellation aussi soignée. Il murmura :

— Allons sur le lit.

Je me suis laissé entraîner. Il voulut me caresser mais j'étais résolue à rester maîtresse de la situation. Je l'ai monté à califourchon, j'étais au moins aussi excitée que lui. J'ai eu envie de le sentir plus profondément en moi. Je me suis retournée et lui ai présenté ma croupe. Il m'a pénétrée, j'ai eu une diffuse sensation de plaisir, avant qu'il éjacule. J'étais restée sur ma faim, lui était comblé. Il plaisanta :

— J'ai l'impression d'avoir été violé.

C'était sans doute sa façon de me faire comprendre à quel point il aurait souhaité que cela lui arrive plus souvent. Il semblait fier de lui. Les hommes le sont toujours quand ils ont eu une jouissance extrême. Ce n'est pourtant pas une preuve de réciprocité. Il avait pris son plaisir égoïstement et agissait comme tel. Je m'éclipsai dans la salle de bains pour éviter de lui répondre. Je me sentais mal dans ma peau. J'avais fait un grand numéro de séduction, j'étais sortie de mon rôle d'épouse pour un piètre résultat, qui me laissait un goût de cendres.

Une fois changée, je l'ai retrouvé affalé dans le

canapé, regardant la télévision. Il n'avait plus aucune envie de sortir. J'ai préparé le dîner, il a mangé comme un ogre et est retourné devant son petit écran. Le programme ne m'intéressait pas du tout. Je m'ennuyais et commençais à regretter de m'être aussi facilement offerte. Les hommes ne feraient donc la cour aux femmes que pour les obtenir ?

Si je l'avais aguiché toute la soirée, sans doute m'aurait-il emmenée dans le plus grand restaurant. Les serveurs m'auraient admirée. Puis, en boîte, un homme connu m'aurait lancé un regard admiratif et Marc Olivier aurait redoublé d'attentions pour m'être agréable.

Le téléphone sonna et je me demandai qui pouvait nous déranger à cette heure tardive. Il ne cilla pas, captivé par son émission politique.

— Allô, murmurai-je, en alerte.

— Allô, c'est Bernard... Je suis seul ce soir, je pensais à toi...

Il ne manquait plus que lui ! Je chuchotai :

— Pardon ? Qui demandez-vous ?

J'observai mon mari qui tendait l'oreille. Bernard ne semblait pas refroidi par ma réponse, il paraissait un peu ivre, d'après son élocution.

— Dis-moi n'importe quoi, j'ai juste envie d'entendre ta voix.

— Comment osez-vous insister et déranger les gens à cette heure ?

Je raccrochai immédiatement. Marc Olivier demanda :

— C'était qui ?

— Une erreur et un malotru.

Il me regarda, bizarre, sans insister. Il n'avait nulle envie de se disputer à nouveau. Cette indifférence me contraria et je décidai de monter me coucher. Il me retint par le bras quand je me penchai pour lui souhaiter bonne nuit.

— Chérie, reste encore un peu, tu ne vas pas dormir à dix heures et demie.

— Ton truc m'ennuie, je ne vois pas pourquoi je me forcerais à le regarder.

— On peut dire que tu n'es vraiment pas patiente, tu as toute la journée pour faire ce que tu veux et quand je te demande de rester près de moi, tu ne le supportes pas.

J'étais révoltée. Je m'étais donnée à lui, j'attendais qu'il soit prévenant et lui au contraire en voulait plus encore. Je préférais fuir et m'enfermer dans ma chambre. J'avais envie de pleurer. J'éclatai en sanglots, persuadée que j'étais malheureuse. Pourtant, quelques instants plus tard, je me moquai de moi-même. Mon mari me passait presque tous mes caprices. Pourquoi s'en faire ?

Le lendemain matin je découvris un immense bouquet de roses dans le salon avec ce simple mot : « Je t'aime. »

Tout était rentré dans l'ordre.

6

Je n'étais pas dans mon assiette en arrivant à l'immeuble de Sandra. Je devais poser en duo avec elle pour la première fois. Je craignais de ne pas être naturelle, de me sentir empruntée devant mon amie. Pourtant, quand elle me l'avait proposé, j'avais accepté, curieuse de connaître une nouvelle expérience.

Je portais une robe très féminine pour la circonstance, qui contrastait avec son short minuscule. Elle sortit une bouteille de champagne du réfrigérateur. Je trouvai non sans mal trois coupes entremêlées dans un fouillis de tasses et d'assiettes.

Son studio fait à peine trente mètres carrés, mais il a été agencé de façon très fonctionnelle. Sandra a un tel sens pratique qu'elle tire le maximum des choses et des gens.

Le lit est au centre d'un espace de miroirs fumés qui renvoient les images à l'infini. L'autre angle est occupé par la table basse en marbre gris du petit coin salon. Il n'existe chez elle aucune possibilité de servir un vrai repas, car elle adore aller au restaurant et ne voit pas l'utilité de cuisiner. D'ailleurs la kitchenette est le coin le plus négligé de son appartement avec un réfrigérateur plus rempli de vernis à ongles et de crèmes cosmétiques que de denrées comestibles.

Saturne trône au milieu du lit carré, un gros matou noir aux yeux turquoise, câlin et calme. Sa présence trahit le secret besoin d'amour de sa propriétaire : elle l'a baptisé Saturne, en hommage à la planète qui gouverne son signe astrologique. Il se blottit sur mes genoux en ronronnant dès qu'il me voit. Nous nous entendons bien, je suis chargée de le nourrir durant les absences de Sandra.

Elle m'annonça qu'elle devait retrouver Fabio plus tard à la galerie où il exposait et elle me demanda de l'accompagner. Elle avait oublié ses rancœurs et en parlait désormais comme d'un peintre déjà célèbre enchaînant les vernissages les uns aux autres. J'aurais préféré qu'elle me dise deux mots sur ce qui devait suivre.

— Si tu m'expliquais ce que nous allons faire...

— Ne sois pas inquiète. Patrick est un gentil garçon qui adore photographier les femmes ensemble. A chacun son fantasme... Tu sais aussi bien que moi que pour satisfaire les hommes il suffit de répondre à leurs désirs, qui sont à peu près toujours les mêmes, alors !

La sonnerie de la porte d'entrée retentit en même temps que celle du téléphone. Elle poussa le chat, revêche, dans la cuisine et me fit signe d'aller ouvrir en décrochant le combiné.

Je suis restée pétrifiée, la poignée à la main, devant un homme qui aurait pu collectionner les premiers prix de laideur dans *Le Grand Livre des records*. Il était presque aussi large que haut, son visage était partagé par une cicatrice de l'oreille gauche jusqu'au menton. Il lui restait quelques cheveux bruns conservés bien long et tirés sur le crâne. Je ne peux rien dire de la couleur de ses yeux, impossible à discerner derrière l'épaisseur des verres de ses lunettes.

Comment ma complice avait-elle pu mettre dans son lit cet être informe ? Je ne parvenais pas à l'imaginer. La séance promettait d'être dure !

Il avança une main que je frôlai à peine.

— Bonjour, je m'appelle Patrick Deslanges et je suis enchanté de vous rencontrer.

Sa voix mélodieuse, gentille, atténuait en partie le choc provoqué par son physique.

— Oui, enchantée... Entrez, je vous prie.

Sandra raccrocha, brancha le répondeur, bondit vers lui et l'embrassa sur la bouche. Ce baiser me soulevait le cœur. Je redoutais le pire. Patrick ouvrait une sacoche et en sortit plusieurs paquets.

— Tiens, Sandra, voilà ce que tu m'as demandé. Pour vous, Béatrice, ne connaissant pas vos goûts, je me suis permis d'apporter deux parfums différents. J'espère que l'un des deux saura vous plaire.

Sandra défaisait son paquet en gloussant :

— Elle n'a besoin de rien, si tu savais combien son mari la gâte !

Elle est décidément une incorrigible gaffeuse...

Elle brandit son cadeau, un godemiché d'une taille honorable dont l'originalité était une couleur dorée, brillant de mille feux.

— C'est un objet précieux, plaisanta Sandra, il fera un bel effet décoratif et en plus je le retrouverai facilement en pleine nuit.

Elle paraissait fascinée. Elle en vérifia le fonctionnement, le coulissa entre ses seins, entre ses cuisses, puis le posa à son chevet en le tapotant.

J'avais eu droit au classique « 5 » de Chanel immortalisé par Marilyn Monroe et à « Obsession » de Calvin Klein. J'en découvrais la senteur sur ma peau et appréciais la finesse du choix de Patrick. Il me tendit une coupe de champagne. L'ambiance s'installait et malgré sa laideur je commençais à le trouver sympathique.

Sandra profita du moment d'euphorie pour prendre l'initiative.

— On y va.

Patrick sortit trois appareils de son sac et vérifia leur chargement. J'attendais, je laissais faire. Elle se dévêtit totalement, moi j'hésitais tout en dégrafant ma robe. Elle m'encouragea :

— Déshabille-toi, il préfère que nous soyons nues.

Elle s'allongea sur le couvre-lit de sombre fourrure, se regarda dans les différents miroirs et m'appela près d'elle.

Sandra avait légèrement relevé les fesses. Je la regardai avec admiration. Elle était vraiment belle, sa longue chevelure brune accentuait son côté animal. Il avait commencé à la photographier. Je la trouvais très désirable, sauvagement désirable. Elle donnait l'impression d'une bête que l'on pouvait peut-être caresser mais en aucun cas dompter. Elle chaloupait des reins au rythme lent de la musique. Elle était faite pour vivre nue. Elle paraissait heureuse de se montrer.

Je m'installai contre elle mais je ne me sentais pas aussi à l'aise. Mon exhibitionnisme devait être moins fort que le sien.

Elle passa sa main doucement sur mes seins. J'en frissonnai Elle chuchota dans le creux de mon oreille :

— Laisse-toi faire.

J'eus un léger mouvement de défense, elle insista, me faisant obstacle de son corps.

— Tu as la peau douce, murmura-t-elle.

Puis elle m'embrassa.

Le baiser de sa bouche me surprit. C'était doux,

moelleux, sans aucune comparaison avec les lèvres d'un homme. Elle descendit vers ma poitrine, me procurant d'agréables sensations à petits coups de langue. Je m'abandonnai.

Patrick était ravi. Nous formions un très joli couple, la blonde et la brune, opposées et mêlées. Nous étions presque de même taille, d'une beauté très différente. Ma peau dorée contrastait admirablement avec le hâle cuivré de mon amie. Il nous mitraillait. Notre complicité facilitait les choses. Le spectacle que nous lui offrions était torride. J'imaginais son sexe se durcir à lui faire mal. Si l'une de nous avait posé sa main sur le relief de son pantalon, il aurait joui à la seconde.

Le parfum de mon amie m'enivrait, sa peau était onctueuse. Elle prenait un réel plaisir à me toucher. Nos peaux se rencontraient ainsi pour la première fois et ce contact m'excitait. Mes barrières tombaient peu à peu avec ma réserve, les gestes de ma partenaire devenaient plus précis. Elle remontait ses mains le long de mes cuisses, elle frôlait mon ventre, mon sexe, en cercles de plus en plus étroits. Mes hanches se livraient, j'oubliais l'intrus, le bruit de l'appareil s'éloignait, s'estompait.

Les vagues du désir m'envahissaient et je me laissais bercer par elles. Sandra approchait sa bouche brûlante de mon clitoris gonflé. Elle l'aspirait avec une douceur infinie, il pointait, durcissait. Elle écartait les nymphes de la langue, insistait sur le bouton, s'appliquait avec une concentration extrême. Elle me fit jouir longuement, délicatement, goûtant mon liquide à la fois âcre et sucré. Je restais silencieuse, rien ne trahissait mon plaisir si ce n'est peut-être la rougeur de mes joues. En un dernier sursaut de volupté mon être se tétanisa. Elle m'apaisa en caressant mes épaules, mon torse, mes hanches. J'ouvris des yeux remplis de reconnaissance pour ce moment d'extase profond. Le fait de me savoir observée avait sûrement intensifié ma jouissance.

Le zoom de Patrick me ramena soudain à la réalité : il fixait pour toujours l'expression de mon visage. Je me sentis dépossédée de mes traits, de mon intimité. Il avait volé une partie de moi-même. Je croyais avoir été discrète mais je comprenais à son regard qu'il m'avait devinée. Je me mis à le détester, sa laideur perturbait mon bien-être. J'avais envie qu'il disparaisse et que Sandra n'existe plus.

J'eus un coup d'œil vers ma montre, un bijou sublime que je ne quittais jamais. Je fis le cruel constat qu'il restait au moins vingt minutes de pose. Je me redressai, évitant de croiser le regard de Patrick, cherchant une attitude, une contenance. Il rompit le silence de sa voix chantante :

— Je n'ai plus de pellicule, arrêtons-nous là... Vous avez été formidables, merci, mille fois merci.

Décidément cet homme était devin. Il avait su interrompre la séance à temps, me libérer. Je me suis levée d'un bond et je me suis réfugiée dans la salle de bains. J'avais envie de prendre une douche, de retrouver ma peau d'honorable épouse. A peine sortie de l'eau, ma curiosité reprit le dessus. J'écoutai au travers de la porte ce qu'elle lui disait :

— Embrasse-moi, lèche mes lèvres, goûte son odeur, savoure sa liqueur, fais monter la mienne...

La crudité du langage m'a choquée autant que la réponse.

— Suce-moi, je n'en peux plus, avale-le, avale...

Je n'entendis plus rien, je restai inerte, le peignoir à la main. Cette fille savait parler aux hommes. Elle leur faisait l'amour, les caressait, en leur décrivant des scènes surgies de son imagination délirante. Elle n'hésitait pas à utiliser des mots triviaux qui rehaussaient leur désir. Il suffisait de rappeler notre séance à Patrick pour l'amener au point de fusion désiré.

Je laissai couler l'eau une seconde fois sur mon corps. J'essayais de tout effacer mais je ne trouvais plus mes repères. J'ai poussé de gros soupirs, je me suis enroulée dans un drap de bain très doux, j'ai brossé mes cheveux emmêlés. Sandra est entrée, souriante. Je la rabrouai aussi sec.

— Il est encore là ?

— Mais oui, il t'attend pour prendre un dernier verre.

— Dis-lui de se tirer... Je n'ai absolument aucune envie de le revoir.

Sa mimique exprimait sa surprise.

— Tu exagères ! Il est tellement adorable. Si tu as peur d'être jugée, ne t'inquiète pas, il n'a pas posé ses mains sur toi, tu restes « l'intouchable ».

Elle avait deviné juste ; je me sentis si honteuse que je l'interrogeais :

— Que penses-tu de moi ?

Elle me caressa le cou et la joue :

— Tu sais bien que je t'adore. Tout cela restera entre nous. Allez... Viens boire un peu de champagne.

Les mots magiques « champagne » et « je t'adore » produisirent leur effet réparateur.

Patrick se mit à nous parler de son métier. Il était astrologue et je découvrais combien cette recherche pouvait devenir complexe. Une heure auparavant j'étais décontenancée par cet homme, et maintenant je lui donnais le jour et l'heure exacte de ma naissance pour qu'il me révèle ma vraie personnalité. Nous sommes vraiment d'étranges animaux, comme disait Molière... Patrick me promit de dresser le portrait de mon moi profond. J'étais encore sceptique mais assez curieuse de ce qu'il pourrait me dire.

Il m'affirma qu'il désirait me donner de l'assurance afin de m'aider à vaincre mes doutes et ma timidité latente. Il s'empara de ma main gauche. Je fus surprise par le contact de ses doigts sur mes paumes. Ils étaient doux, précis. Il pencha son visage et son attention redoubla. Puis il me regarda intensément pour me déclarer :

— Soyez vigilante, Béatrice... Je vois de grands changements dans votre vie. Vous aurez des choix à faire, ce sera douloureux.

Je souris et secouai la tête. J'ai malgré tout fanfaronné sous l'intensité de son regard.

— Je n'aime guère les prévisions et je me méfie des prédictions. Je préfère vivre l'instant présent.

— Bien sûr. Laissez-moi cependant dresser votre thème astral. Je suis persuadé d'y découvrir une personnalité étonnante.

Sandra nous rappela sans ménagement qu'elle ne désirait pas arriver trop tard au vernissage de Fabio.

Patrick se leva aussitôt, désireux de ne pas s'imposer, séquelle des complexes développés à cause de son physique. Il l'embrassa tendrement et pour la première fois je compris mon amie ; à mon tour je posai mes lèvres sur cette face torturée. La désastreuse impression que j'avais eue à la première seconde avait été effacée par les qualités humaines de cet homme. Sandra, une fois encore, avait su choisir un photographe que je retrouverais volontiers car il m'apportait quelque chose.

Elle se précipita sur sa garde-robe dès qu'il fut parti, se changea et se rechangea. Elle n'arrivait pas à combiner la tenue spectaculaire qu'elle recherchait. Elle sollicitait mon avis et je nous sentais beaucoup plus proches que nous ne l'avions jamais été.

Finalement elle choisit une robe en cuir noir avec mon approbation, que j'agrémentai d'une ceinture à facettes versicolores. Elle chaussa des vernis qui la rehaussaient d'une bonne dizaine de centimètres. Elle s'admira dans le miroir, se maquilla un peu trop tant elle voulait paraître à son avantage. Ainsi harnachée et recouverte de mon parfum « Obsession », elle se sentit prête à affronter son nouvel amant.

7

La galerie paraissait petite de l'extérieur. On ne découvrait les trois niveaux qu'une fois à l'intérieur. Ses vernissages sont très recherchés par la clientèle internationale des grands hôtels voisins du faubourg Saint-Honoré. Les peintres qu'elle expose sont suivis par des collectionneurs avisés qui font confiance à sa propriétaire, personnage reconnu du marché de l'art. Corinne, belle, grande, mince, approchait de la cinquantaine. Ses traits forts lui donnaient une allure altière dont elle cultivait l'effet. Elle savait aussi s'habiller sans faute de goût et se faire adopter par les diverses composantes du monde parisien. Ceux qui jalousaient son incontestable réussite affirmaient qu'il valait mieux ne pas gratter un passé où elle avait commercé de ses charmes avant de rencontrer un riche Libanais qui l'avait épousée, voilà dix ans, lui apportant fortune et respectabilité. Au début, pour s'occuper pendant que son mari voyageait, elle avait acheté quelques valeurs sûres. Ainsi gagnée par le virus de la peinture, le tableau était devenu sa passion à plein temps et elle avait su s'imposer dans les circuits fermés de la jungle artistique.

Si elle expose aujourd'hui Fabio, c'est qu'elle a jugé ses œuvres intéressantes. Et si j'en crois ce que raconte Sandra, c'est aussi par amitié pour son « confrère » Antoine qu'elle a organisé cette exposition. Car Fabio s'est montré odieux lors de leur première rencontre. Il s'est cantonné dans un mutisme à peu près constant, refusant les concessions commerciales, hautain, impénétrable. Il s'est contenté de répéter que son métier est de créer et non pas de faire des relations publiques.

Corinne l'avait remis à sa place en trois mots: « Personne n'est dupe de votre mauvaise foi d'artiste, puisque vous voulez exposer dans une galerie "lancée"... et pas chez un découvreur de talents hypothétiques. »

Fabio, qui comptait sur son charme, avait été impressionné par cette femme qui dominait les hommes de toute sa sûreté naturelle. Lui qui supportait mal l'idée de devoir quelque chose à quelqu'un, et encore plus à une femme ! n'avait pas avalé facilement de s'être fait vertement reprendre — et d'être demeuré sans réplique. Il avait fallu la diplomatie, l'entregent, la forte position d'Antoine sur ce marché pour que l'exposition voie le jour. « A titre d'essai », avait consenti Corinne.

La porte une fois franchie je me suis sentie mal à l'aise parmi tout ce monde, avec tous ces inconnus si différents de moi. Sandra y naviguait comme un poisson dans l'eau, sans le moindre complexe, bousculait des bourgeoises en pleine discussion sur les nouvelles tendances de la mode, de la politique et même, exceptionnellement, de la peinture. Elle avançait sans s'excuser, cherchant « son » Fabio. Je la suivais comme je pouvais, à la trace, quand nous avons buté sur un homme de trente-cinq ans environ, pas très grand, barbe et cheveux déjà grisonnants. Antoine nous sourit, nous prit par le bras et nous entraîna.

— Venez que je vous explique... Je viens d'avoir Fabio au téléphone. Il arrive enfin. Ce fou s'est imaginé qu'il allait prendre un bide. Il ne voulait pas voir ses tableaux dans des salles désertes. J'ai dû lui jurer qu'il n'y avait plus un seul centimètre carré de libre... Je vais essayer de vous présenter la galeriste. N'y prêtez pas attention, elle est plutôt furieuse contre notre protégé.

Antoine me surprenait, en bien. Je l'ai trouvé sympathique au premier abord, aussi dissemblable que possible de son ami. Il semblait le traiter en petit frère, bien qu'étant nettement plus jeune, ce qui était drôle et touchant.

Les présentations furent aussi froides que mondaines. Je fus impressionnée à mon tour par la classe de Corinne. Elle représentait tout ce que j'aurais aimé être. Par contre le contact avec Sandra fut désastreux. Elles se dévisagèrent en panthère-tigresse sans merci.

Fabio a fini par arriver. Corinne s'est emparée de lui pour une tournée sélective des clients possibles, femmes surtout, sensibles à son physique.

J'avoue l'avoir trouvé magnifique dans un costume trop grand pour lui. Il ne devait pas en porter souvent. Cela lui donnait un air gauche bien plus agréable que sa morgue habituelle. Il ressemblait à un cheval sauvage qu'on aurait capturé et tenté de dresser. Il gardait la tête haute, mais on le sentait gêné d'être le centre d'intérêt de cette foule.

Corinne ne s'est pas laissé attendrir par son attitude d'artiste replié sur son art. Elle faisait son métier, le traînait d'un groupe à l'autre, plaçait ses arguments.

Il parvint à lui échapper au bout d'un long moment et se dirigea vers nous. Je lui avais déjà dit bonjour d'un signe de tête mais j'étais contente de le voir s'approcher. Mon amie sautillait sur place, très excitée. Il me tendit la main, garda la mienne quelques secondes de trop. J'évitais son regard. Il ne semblait pas vouloir manifester attention à mon amie. Il ébaucha pour moi un sourire avant de relâcher ma main. Mon cœur battait, j'étais troublée. Enfin il se tourna vers Sandra et l'embrassa. Elle passa ses bras autour de son cou. Leur intimité me parut fort déplacée mais je dus constater que personne ne les regardait.

Corinne vint le rechercher, sans trouble apparent, le rappelant à ses obligations, l'entraînant loin de nous. D'un geste mi-possessif mi-protecteur elle passa son bras sous le sien, lui glissant quelques mots à l'oreille. Il paraissait plus à l'aise qu'à son arrivée.

— Elle s'imagine peut-être qu'il est à elle, siffla Sandra, rageuse.

Elle fit cependant contre mauvaise fortune bon cœur. Sandra n'était pas vraiment passionnée par la peinture. Cependant elle voulait tout découvrir de Fabio parce qu'elle l'aimait. C'était ce côté primesautier qui me plaisait chez elle.

Nous avons fait le tour des cimaises. Je lui trouvais du talent, une grande violence dans la couleur qui attirait. Il ne maîtrisait peut-être pas complètement son art, mais il avait accroché quelques toiles tout à fait réussies. Un avis partagé, d'après les remarques plutôt flatteuses que j'entendais.

La majorité des œuvres représentaient des femmes nues. Une silhouette blonde arrêta particulièrement mon attention. Il l'avait représentée derrière une vitre embuée, le corps légèrement voilé, les traits du visage se distinguant mal. L'espace d'une seconde il me sembla me reconnaître. Bien sûr je me trompais mais j'eus envie d'acheter cette toile qui me reflétait comme un miroir dans un rêve. Je demandai son avis à Sandra.

— Oh oui ! c'est formidable, je vais le prévenir...

J'essayai en vain de la retenir mais autant vouloir arrêter une Formule 1. Elle fonça droit sur lui. Il l'accueillit bien cette fois, lorgnant vers moi d'un air moqueur. Je n'osais pas les rejoindre, restant sur place, mal à l'aise. Un inconnu m'aborda.

— C'est fort intéressant, ne trouvez-vous pas ?

Je n'avais aucune envie d'engager la conversation. Je me détournai de l'importun à l'instant où le sympathique ami barbu arrivait à mon secours.

— Alors vous êtes Béatrice ? la fameuse amie de Sandra ?

— Pourquoi fameuse ? dis-je, sur la défensive malgré moi.

— Elle nous a tant parlé de vous, de manière si enthousiaste, que j'avais envie de vous rencontrer, c'est tout.

J'ignorai le compliment, j'enchaînai nerveusement, d'un ton saccadé :

— Et vous, vous êtes le fameux ami de Fabio ?

— Oui, nous nous connaissons depuis si longtemps, répondit-il sans relever le sarcasme.

— N'est-il pas curieux parfois ?

— Non... c'est un être merveilleux, un peu écorché, c'est tout. (Il souriait en expliquant.) Il a besoin d'être reconnu. Il est malheureux, j'espère que cette exposition va l'aider.

Sa façon de laisser percer sa générosité me plaisait. Je radoucis le ton.

— Il vous la doit, après tout, Corinne est votre amie.

Disons que c'est une relation d'affaires. Elle a peu d'amis, c'est, paraît-il, ce qui coûte le plus cher dans ce métier. En fait, elle pense qu'il suffirait de peu de chose pour lancer sa peinture s'il n'était pas tellement ours... Nous nous retrouverons plus tard, car j'ai promis d'aider Corinne auprès de sa clientèle. Pourquoi ne prendrions-nous pas un verre tous les quatre, un peu plus tard ?

— Ma foi, c'est une très bonne idée, oui.

Il s'éloigna. Je rejoignis Sandra en discussion avec un petit groupe. Elle décrivait avec un énorme aplomb la façon de travailler du peintre en ajoutant des détails de son cru pour faire vrai.

Je peux dire sans jeu de mots que j'en ai entendu de toutes les couleurs. « C'est mieux que du Francis Bacon première manière. — Pas du tout, ce n'est pas de l'art homo, c'est de la peinture forte, du Kooning figuratif, si vous voulez. — Je dirais plutôt du Cobra revisité... » Ce charabia m'importunait. J'ai préféré ne plus entendre ces affabulations et mieux regarder la peinture. Les tableaux avaient une chaleur expressive qui me bouleversait.

En passant d'une salle à l'autre j'ai croisé le regard de Fabio, et il me fit un clin d'œil. Corinne sembla remarquer ce manège. Elle se rapprocha de moi.

— Vous désirez acheter le vingt-sept, je crois... Voulez-vous que je vous le réserve ?

— J'y pense sérieusement, mais je dois encore réfléchir.

— Je peux vous faire vingt pour cent, puisque vous êtes amis ; cependant n'attendez pas trop, tout va partir très vite.

Elle poursuivit, posant des questions sur moi, par pure courtoisie, auxquelles je répondais aimablement. J'appréciais le sens commercial de cette femme. Elle m'impressionnait de plus en plus. J'aurais aimé avoir son assurance. Elle m'abandonna et je lui promis de donner rapidement une réponse.

La salle se vidait peu à peu. Le vernissage se terminait sur un franc succès. Nous sommes parties avec Antoine attendre notre grand artiste à la brasserie du coin de l'avenue Matignon.

Des points communs me rapprochaient d'Antoine. Nous les avons découverts en cheminant. Nous étions tous deux originaires de Lyon et nous avons échangé nos souvenirs d'enfants, la Tête d'Or, les quais de Saône, la place Bellecour, la Part-Dieu, tant d'endroits familiers et partagés. Nous en parlions comme de vieux camarades, sur un ton de complicité qui s'était établi sans que nous y prenions garde.

Fabio arriva et s'abandonna sur la chaise bistrot. Sa façon de singer l'épuisement nous fit beaucoup rire. Il ressemblait à un enfant qui a trouvé son public. Il n'avait pas l'air de prendre cette exposition très au sérieux. Se rendait-il compte à quel point elle pouvait transformer sa vie, lui permettre de peindre chaque jour sans penser à ses fins de mois ? Ou bien était-il encore plus fort que je ne l'imaginais et son attitude n'aurait été alors que simulacre ?

Nous faisions pour lui des projets grandioses autour de ce guéridon. L'ambiance était détendue, nonchalante. Je profitais pleinement de l'instant quand fut rompu le charme : j'ai senti la cuisse de Fabio s'appuyer contre la mienne. J'ai d'abord pensé qu'il s'agissait d'un contact involontaire. Son insistance ne me laissa aucun doute sur ses intentions. J'étais gênée et en même temps je ne parvenais pas à m'écarter. J'évitais de croiser ses yeux. Une onde de chaleur m'envahissait. Sandra me posa alors une question, je ne sais plus laquelle, et c'est en la regardant que je me suis sentie coupable et ai retiré brusquement ma jambe. Cet incident me replongea dans la réalité de ma vie, que j'avais oubliée... mon époux m'attendait.

Je me suis levée d'un bond, promettant de rendre visite à Antoine dans son magasin d'antiquités. J'ai posé une bise tendre sur la joue de Sandra qui paraissait nager dans un bonheur nouveau. Fabio appuya doucement ses lèvres sur ma main et me déclara : « Ce fut un grand plaisir pour moi de vous rencontrer. L'artiste que je suis rend hommage à votre beauté. » Aujourd'hui encore je me demande pourquoi il avait débité une phrase aussi pompeuse.

Je me suis sauvée à contrecœur. Je comptais bien rattraper le temps perdu en voiture, faisant crier la boîte de vitesses. Je me faufilais quand un feu passa au rouge. J'accélérai, mal à propos : je n'avais pas vu l'agent de l'autre côté du carrefour. Il me fit signe de me ranger. J'étais résolue à conserver mon calme, moins pour éviter un procès-verbal que pour essayer de perdre un minimum de temps. Le sergent de ville avançait d'une démarche assurée vers sa proie. Je suis sortie de mon véhicule pour lui montrer à quel point je le prenais en considération. Je m'excusai humblement, avec un sourire volontairement timide en lui présentant mes papiers, l'air d'une fillette prise en faute. Il se détendit et entreprit de me faire la leçon. J'écoutais attentivement, du moins en apparence, ce ne devait pas être tous les jours qu'une jolie femme prenait en considération ses semonces. Juste à ce moment-là un conducteur brûla à nouveau le feu, obligeant un autre à freiner dans un fracas de tôles.

L'agent siffla énergiquement, me fit signe de partir et se dirigea vers sa nouvelle victime. Il s'agissait d'un homme cette fois, il semblait pressé, agressif ; lui ne couperait probablement pas au retrait de permis. J'ai béni ce sauveur qui me permettait de m'en tirer à si bon compte.

Je me suis garée n'importe où devant le palais de justice. J'ai grimpé les marches le plus vite possible. J'espérais arriver pendant la délibération, avant la fin de l'audience. Hélas ! Je me suis trouvée nez à nez avec Marc Olivier sur le palier de la chambre où il plaidait. Il affichait son air furieux. Je savais combien cette affaire avait d'importance pour lui, combien il désirait briller devant moi. Mon retard ne pouvait que l'avoir déçu. Un confrère le félicitait chaleureusement, je suis restée en haut des marches. Je me sentais fautive et je n'arrivais pas à cogiter une excuse valable. Alors je me suis jetée dans ses bras, sincèrement émue.

— Pardonne-moi, mon amour, j'aurais dû être là.

— Ce n'est pas grave.

Ma réaction spontanée avait désamorcé sa colère. Je lui en fus reconnaissante et l'embrassai de nouveau.

— J'ai gagné ! Allez, viens, nous allons fêter ma victoire dans un grand restaurant.

Il me raconta fièrement l'audience en descendant l'escalier. Il avait senti la salle suspendue à ses lèvres et il avait réussi à mettre le tribunal de son côté. Pourtant la cause n'était pas facile à défendre, une affaire embrouillée d'escrocs qui s'étaient attaqués aux économies de gens simples en utilisant l'image d'une célèbre présentatrice. Marc Olivier m'avoua qu'il avait été très bon parce qu'il croyait m'avoir aperçue dans le public. Il me fit de la peine et pourtant je n'arrivais pas à regretter les instants passés au café. Face à mon mari, je n'étais plus la même, je devenais une épouse attentionnée. Il fut pourtant fort agacé d'apprendre que Sandra portait la responsabilité de mon retard. Lâchement, je ne pris pas sa défense quand il renouvela ses attaques : « Cette fille est vraiment néfaste pour toi, elle a toujours des problèmes. Tu me feras vraiment plaisir le jour où tu cesseras de la voir. »

J'appréciai cette façon de formuler sa demande comme un désir et non comme un ordre. Je préférai éluder et détourner.

— Et moi j'ai envie qu'un grand avocat me fasse la cour.

C'était notre code pour un de nos jeux favoris, une sorte de signal pour qu'il me séduise comme au tout début de notre liaison. Il prit son rôle aussitôt, entama une longue tirade de compliments. Bien entendu nous avons sauté le restaurant pour sauter dans notre lit. Peu de temps après nous étions enlacés et il me fit jouir longuement.

Sa victoire de la journée le rendait meilleur amant.

8

Certains jours l'on se sent maussade sans trop savoir pourquoi. Je me traînais lamentablement depuis le matin. J'avais une séance photo dans une heure et je n'arrivais pas à me préparer. A plusieurs reprises j'avais eu envie d'annuler le rendez-vous. Les instructions communiquées par Sandra m'intriguaient et me décourageaient à la fois. Une manière de conscience professionnelle m'aida à prendre le dessus pour aller avenue Simon-Bolivar, dans le dix-neuvième arrondissement, le bout du monde pour moi qui venais de Saint-Cloud, même si les périphériques sont dégagés en début d'après-midi.

Quoique vétuste, l'immeuble avait du cachet. Je montai l'escalier raide pour trouver au quatrième étage une porte entrouverte. Le client ne souffrait pas qu'on le voie et organisait un cérémonial strict, assorti de consignes impératives. La perspective d'un jeu qui devenait de plus en plus pervers avait eu raison de mon apathie.

J'appuyai deux fois sur la sonnette pour prévenir de mon arrivée et j'attendis les quelques secondes qui lui laisseraient le temps de se dissimuler. Je commençais déjà à fantasmer, l'imaginant le cœur battant se cacher et laisser le désir naître en lui. Je poussai la lourde porte grinçante et me retrouvai dans une grande pièce haute de plafond. Il n'y avait pas de lumière, sinon les deux spots prévus pour les photos.

L'atmosphère était complètement différente de ce à quoi je m'attendais, et surtout des appartements où j'avais l'habitude d'exercer, trop riches, trop décorés. Ici meubles et objets, patinés, usés, possédaient une touche de personnalité. De plus le loft était partagé par l'insolite barrière d'un grand drap noir derrière lequel se tenait l'inconnu.

— Vous pouvez y aller, dit-il.

La voix me parut déformée. Autant de précautions m'amusaient. Mon amie m'avait expliqué qu'il s'agissait d'un homme connu qui profitait de l'appartement d'une relation. J'imaginais mal une vedette vivant dans un lieu aussi modeste.

Les premières notes de la symphonie numéro un de Mahler donnèrent le signal du début de la séance. J'aime beaucoup Mahler. Seulement le classique ne me paraît pas être un bon choix de circonstance. Je n'aime pas travailler ainsi en aveugle, car l'œil de l'appareil me guide d'habitude. J'essayai de me concentrer sans parvenir à débuter, alors je lui demandai :

— Vous ne pourriez pas mettre un disque plus entraînant ?

Seul l'arrêt brutal de la symphonie me fit savoir qu'il m'avait entendue. Tant pis si je déçois les mélomanes en leur dévoilant qu'il est plus facile de se dévêtir sur un air de Madonna.

Ce coup-ci je n'avais plus d'excuses, je devais m'exécuter. Je lui tournai le dos, commençant à onduler des hanches sur le rythme tout en relevant ma robe. Je ne portais qu'un string avec un porte-jarretelles noir et des bas.

Il m'observait, forcément, bien qu'il n'eût point

encore fait la moindre photo. Je dressais l'oreille afin d'entendre le bruit magique du déclic de l'appareil.

La chaleur des lumières m'aidait à me détendre. Je me retournai vers lui, le visage provocant, les mains cachant ma poitrine, écartant les doigts petit à petit, la bouche offerte. Le fait de ne pas le voir me donnait le sentiment d'être encore plus impudique. Je continuai à me laisser porter par la tiédeur de l'air et la musique. Elle enchaîna sur une mélodie tendre qui me porta à m'allonger. Ma main s'empara doucement du minuscule slip que je fis descendre. Enfin j'entendis le bruit de l'appareil.

Ce bruissement familier m'est indispensable pour jouer de mon corps, qui réagit alors à une sorte de réflexe. Mon exhibitionnisme a besoin d'une excuse, ou d'un excitant.

Je me lovai sensuellement dans le sofa, mes mains malaxaient mes seins, mes pointes se dressaient, mes cuisses se tendaient, ouvraient mon sexe à cet inconnu. Je levai une jambe gainée de soie noire pour mieux lui laisser apprécier mon intimité.

Mes doigts se fixèrent sur les agrafes qui retenaient mes bas. J'entendis un « non » bref, brutal, un peu rauque. Je souris, comblée : il était donc suspendu à mes gestes et il me désirait.

L'ambiance devenait brûlante. Je m'enfonçai un peu plus dans le cuir usé. Je glissai la main droite sur mon pubis. Mes doigts s'agitaient dans les frisures blondes, et je me prenais peu à peu à l'érotisme de mon jeu. Je n'aimais pas particulièrement me caresser, car j'arrivais difficilement seule au plaisir, pourtant, là, dans ce lieu étranger, je sentais la volupté m'envahir. Mon ventre me commandait de continuer. Mon autre main prenait possession des lèvres de mon sexe, les écartait, et j'introduisis trois doigts tant il était accueillant aux délicieux aller-retour que je lui imprimais. J'oubliais les photos, cet homme derrière le rideau, l'existence d'un mari... j'étais toute à moi, seulement à moi, je me faisais l'amour.

Je naviguais au bord de la jouissance, yeux fermés, tête renversée, je gémissais, j'avais envie de hurler mais un reste de pudeur m'empêchait de laisser libre cours à mon plaisir. Des flots de désir montaient de mes cuisses, crispaient mes fesses, tordaient mon ventre embrasé. Puis une onde puissante me submergea et m'arracha le cri de l'orgasme. Il fut trop bref à mon goût, mais si violent que je suis restée de longues minutes immobile et silencieuse avant de retrouver mon souffle.

Je venais de satisfaire pour la première fois à un bonheur qui pour être interdit n'en avait été que plus intense.

L'inconnu ne s'était pas manifesté mais faisait des clichés de moi, abandonnée. Le compact de Madonna était terminé. Il n'y avait pas un bruit, le temps semblait suspendu. J'ouvrais les yeux et reprenais conscience. A quoi bon poursuivre cette mascarade ? Il avait sans doute deviné que je m'étais livrée. Il en avait eu largement pour son argent.

— C'est terminé, je dois partir, dis-je en me dressant.

Il ricana, ce qui me vexa terriblement. Je l'ai apostrophé :

— Vous vous croyez malin derrière votre mur, mais vous avez un comportement d'impuissant.

En guise de réponse, il glissa les huit cents francs prévus pour l'heure à peine écoulée. Cette seconde vexation était de trop. Je me sentais méprisée, congédiée comme une putain. De rage j'ai jeté son argent à terre. Pour une fois que je m'étais vraiment offerte, c'était bien fait !

Je me suis sauvée puis, une fois à l'air libre, je me suis mise à regretter ma fuite. J'aurais dû le démasquer derrière son paravent. Quelle consigne fallait-il respecter avec un mufle pareil ? Sandra allait m'entendre... même si je devais reconnaître que je lui devais une extase originale.

Que pouvais-je bien faire pour me changer les idées avant de rentrer chez moi ? Je me trouvais non loin des puces de Clignancourt et j'eus envie de rendre visite à Antoine. J'ai retrouvé sa carte dans mon sac et j'ai déniché sans peine son magasin. Il était occupé avec une cliente, ce qui ne l'empêcha pas de me saluer de loin.

— Béatrice... comme c'est gentil d'être venue si vite, je suis à vous tout de suite.

C'était un vœu pieux. Cette dame cherchait à emporter la pièce la plus belle au prix le plus réduit, il ne s'en débarrasserait pas de sitôt.

Je furetais, tournais d'un coin à l'autre, lissant les meubles du plat de la main. Deux toiles de Fabio ressortaient au milieu d'un tas d'objets art déco. J'appréciais les choix d'Antoine. Tout me plaisait dans le magasin, ou presque. Je regardai différentes statuettes exposées qui auraient fait de jolis cadeaux pour mon mari. J'avais presque choisi un petit cheval de bronze quand Antoine se libéra.

Nous avons échangé des bises de copains de longue date. Je l'ai complimenté sur la variété et la qualité de la marchandise qu'il avait réunie. D'une chose à l'autre nous avons insensiblement entamé une conversation tout aussi confiante et plus personnelle.

Il comprend admirablement les femmes qu'il aime bien. Je m'ouvris à lui de mon grand besoin d'activité. Je n'étais plus assez futile pour continuer cette vie d'épouse allant de son coiffeur chez son masseur avant de passer chez l'esthéticienne. J'étais en quête d'occupations plus sérieuses.

— Tu as le goût des objets et tu es sensible à leur présentation, me dit-il. (Il me tutoyait d'emblée et flattait mon amour-propre.) Un antiquaire a besoin qu'on lui garde sa boutique pendant qu'il s'absente inopinément pour traiter sans laisser bouillir le coup fumant signalé par l'un de ses chineurs. Il se méfie des employés qui en profitent pour négocier des objets à leur compte. L'idéal est une personne comme toi qui s'occupe en s'instruisant dans ce métier. Réfléchis-y.

J'étais emballée par sa proposition. Seulement il y avait gros à parier que mon mari ne verrait pas d'un bon œil pareille manifestation d'indépendance. Cela le rassurait de me savoir dépendante de lui.

— Pourtant les épouses oisives deviennent souvent infidèles, remarqua Antoine.

A cet instant j'ai failli lui parler de mon passe-temps curieux, et si un couple n'était point entré « pour un renseignement »...

L'envie de me raconter me passa aussi vite qu'elle était venue. Antoine expédia le couple et orienta la conversation sur Sandra, dont je fis l'éloge, naturellement.

— C'est curieux, dit Antoine. Je sens Fabio amoureux. Je le connais si bien que j'en suis certain. Je n'arrive pas à croire que ce soit d'elle.

— Il suffit de le lui demander.

— Je l'ai fait. Il a prétendu que c'était d'elle... mais je ne le crois pas.

Je ne voyais pas pourquoi il mentirait à Antoine, à qui j'en fis la remarque.

— Il est si secret... Quand c'est sérieux, il parvient mal à se livrer.

Les anciennes amours de Fabio avaient vécu sur des relations passionnées, m'expliqua-t-il. A chaque fois qu'il constatait que sa compagne devenait trop amoureuse de lui, il la trompait ouvertement afin qu'elle disparaisse de sa vie. En fait, il semblait vouloir rester solitaire et impénétrable.

— Tu sais, c'est tout à fait le genre d'homme paradoxal qui séduit Sandra.

— Je veux bien te croire. Il a énormément de succès auprès des femmes, elles succombent à son charme, et ensuite viennent vers moi se faire consoler.

— Et toi, célibataire endurci ?

— Je n'aime que les belles dames, mais celles-ci préfèrent m'avoir pour ami plutôt que pour amant.

Cette réponse me mit si visiblement mal à l'aise qu'il me prit affectueusement par les épaules, avec un bon sourire :

— Ne t'inquiète pas pour moi, j'ai quelques aventures suffisant à mon équilibre physique et spirituel.

Bien sûr, il n'était pas franchement séduisant. Ses cheveux et sa barbe grisonnants le vieillissaient. Ses petits yeux marron clair étaient pétillants mais peu attractifs. Quant à ses lèvres trop fines, elles ne donnaient pas envie d'y joindre les vôtres. Il était de plus assez petit et seules ses trouvailles vestimentaires lui donnaient style et allure. Pourtant je l'imaginais attentif et attentionné avec les femmes. J'étais sûre qu'il trouverait bientôt une compagne. Je lui fis part de cette certitude. Il ne releva pas, se contentant d'un nouveau sourire.

Puis il détourna la conversation sur le cadeau que je voulais faire. Il me conseilla un autre objet, une sculpture représentant un couple curieusement enlacé. Il me fit un rabais énorme en témoignage d'amitié naissante.

Je l'ai quitté joyeuse, pressée d'offrir mon cadeau. J'aurais aimé pouvoir raconter à Marc Olivier que j'avais pu l'acquérir grâce à un ami véritable. Mais j'avais beau tourner et retourner le problème, je n'entrevoyais aucune solution. Il n'apprécie pas que des hommes m'entourent, ce qui dénote finalement une confiance somme toute relative. Alors, arrivant à Saint-Cloud dans une villa vide, j'ai placé le couple enlacé sur ma coiffeuse, où désormais il enrichit mon univers personnel.

9

Marc Olivier avala une dernière gorgée de café noir bien serré puis enfila sa veste. Nous prenions rarement notre petit déjeuner ensemble, sauf s'il partait travailler plus tard que de coutume ; je lui tenais alors compagnie. Il s'apprêtait à sortir quand la sonnette retentit. Il se dirigea vers l'entrée, ouvrit. Quand il se trouva nez à nez avec Sandra, je fus aussi stupéfaite que lui. A une heure pareille, elle était tombée du lit ! Marc Olivier, habitué à la rencontrer portant des tenues ultrasophistiquées, fut encore plus étonné de la voir en vieux jean, polo et paire de tennis. Moi j'ai su immédiatement qu'il se passait quelque chose de grave.

L'accueil de mon mari fut à peine poli. Il m'embrassa, lointain, et partit sans s'attarder.

— Évitez de dire trop de sottises, si c'est possible...

Je haussai les épaules. Sandra attendit le bruit caractéristique de la voiture crissant sur les gravillons avant de parler.

— Il y a un gros problème.

— Tu as des ennuis avec Fabio ?

Elle fit non de la tête en me mettant entre les mains un *Play-Boy* édition italienne, et en me disant avec une légère pointe d'ironie :

— Non... Toi, tu as des ennuis. Regarde page quatre-vingt-douze, je te l'ai marquée.

Je feuilletai nerveusement le magazine et je tombai sur une fille au physique avantageux. Moi... J'ai pris le choc en pleine figure. Je me trouvais subitement très impudique sur ce papier glacé que n'importe qui pouvait acheter.

Le souvenir de la séance me revint dans l'instant. J'avais eu un rendez-vous dans une luxueuse chambre d'hôtel non loin des Champs-Élysées. Ce photographe possédait un matériel très perfectionné. Son attitude avait été totalement différente des autres. Il n'avait pas succombé à mon numéro de charme. Plutôt jeune, il devait avoir dans les trente-cinq ans, je l'avais trouvé assez mignon. Je m'étais demandé pourquoi il utilisait ce subterfuge du modèle pour se mettre de jolies femmes nues sous les yeux. Nous avions beaucoup parlé en faisant les photos. Il avait essayé de mieux me connaître ; par jeu je lui avais raconté n'importe quoi, inventant au fur et à mesure. Mes poses lui plaisaient, bien qu'il me demandât chaque fois de rectifier ma cambrure, la position des mains, l'expression du visage. Il portait de plus une extrême attention à la lumière.

Désormais tout était limpide : j'avais eu affaire à un professionnel véritable. J'en étais complètement catastrophée.

— Ne t'inquiète donc pas à ce point, me réconforta Sandra. C'est un magazine qui ne se vend pas en France. Je l'ai trouvé chez Fabio, qui l'a certainement rapporté d'Italie. Et puis ce n'est pas le genre de lecture de ton mari.

Son argumentation me rassurait à peine car si d'aventure quelqu'un me reconnaissait et en parlait à Marc Olivier, cela déclencherait un drame affreux.

Sur le coup j'en voulais à Sandra. Pourtant c'était

presque toujours moi qui lui demandais de me trouver de nouveaux clients. Une première rencontre m'excitait toujours plus qu'une seconde. Je m'habillais et me maquillais avec plus de soin. J'imaginais l'homme en fonction des renseignements dont je disposais sur lui. Je fantasmais, comme une amante avant un rendez-vous galant. Je me surpassais à chaque fois dans un véritable acte de séduction. Plus je sentais monter le désir du mâle, plus je dévoilais mon corps. Je savais que j'avais gagné quand je ne l'entendais plus respirer, souffle coupé. Mais cette fois-là j'avais joué, bien joué, et j'avais perdu, bien perdu !

J'interprétais cet incident lourd de conséquences comme un avertissement sans frais. Ma décision fut prise à la minute : il était temps d'arrêter ces activités extraconjugales. J'en fis part à Sandra qui ne me répondit rien.

— Qu'est-ce que je peux faire, selon toi ?

— Un procès... Après tout, tu fréquentes un excellent avocat...

Nous avons ri de bon cœur, comme des gamines, et continué à rire en échangeant nos petites histoires sur les clients communs. Sandra me promit de continuer à me raconter ses exploits. Saurais-je les vivre en procuration ? Elle essaya de me convaincre qu'il y avait peu de risques à continuer avec des fidèles du genre de Bernard ou de Patrick. Mais je lui ai signifié que ma résolution était prise.

Elle n'insista pas et me relata la suite de ses aventures avec Fabio, pour me changer les idées. Ils avaient passé une nuit ensemble, une nuit d'amour fou, d'excès, de superlatifs. Elle délirait follement sur les prouesses de son amant. Elle prenait un plaisir quasi pervers à me décrire par le menu toutes les positions qu'ils avaient expérimentées et qui étaient imprimées dans sa mémoire. Elle ne se rendait pas compte que cela me tordait le cœur de jalousie. Devais-je renoncer à ces magnifiques chevauchées qui ne seraient jamais pour moi parce que j'avais une autre existence ?

Le destin que j'avais chatouillé venait de me punir cruellement pour avoir tenté d'introduire des changements dans ma vie.

Sandra acheva son éloge enflammé en m'annonçant qu'elle partait quarante-huit heures et me fit promettre d'aller nourrir Saturne, à son heure habituelle, dix-sept heures, et chaque jour. Elle ne se montrait maniaque qu'avec son chat et cela aussi m'attendrissait.

Elle m'abandonna à mes états d'âme en me laissant le numéro de *Play-Boy*. Je me sentais comparable à un animal enfermé dans une cage dorée ; j'avais perdu ma liberté ; je repensais à mes séances. Une immense sensation de vide s'emparait de moi. Ma vie venait de perdre tout intérêt. Je tournais et retournais sans but dans ma grande maison, l'esprit à la dérive.

Je suis montée dans ma chambre pour cacher *Play-Boy* avec les photos collectionnées. Elles étaient enfouies dans une malle, sous des masses d'objets familiers. Elles me brûlèrent tout à coup les doigts et je me mis à les déchirer les unes après les autres. Je m'arrêtais de temps à autre sur un cliché particulièrement réussi. Je revivais les moments pendant lesquels il avait été pris. J'éprouvais une vive émotion, la tension augmentait en moi, m'étouffait, et par dépit je le détruisais comme les autres.

J'ai continué mon holocauste, *Play-Boy* compris, et me suis retrouvée au milieu d'un amoncellement de papier glacé désormais inutile, symbole de plusieurs mois de mon existence.

Maintenant qu'il ne restait plus de trace déchiffrable de ce passé récent et sulfureux, je regrettais de l'avoir réduit en bouts de papier, déchirés dans l'affolement, l'énervement de gestes incontrôlés. Je regardai mes doigts tremblants et me sentis encore plus démunie. J'ai pris du scotch, de la colle, j'ai voulu rapiécer quelques photos. Le résultat était horrible, on aurait dit des images de moi réfléchies par un miroir mille fois brisé. Mon corps était en pièces, ma personnalité mise en miettes, vouée au néant. J'ai déchiré ces restaurations malhabiles, sachant de nouveau que toute tentative de restituer le passé est illusoire.

J'ai entassé ces déchets de mes souvenirs dans un sac poubelle et je l'ai ficelé. Je n'étais plus angoissée, mais triste. Je pensais que ma pauvre vie tenait dans ce sac, un tas de confettis.

Que me resterait-il ? Le train-train de la bourgeoise nantie ? Les sempiternelles courses dans les boutiques ? Les commérages chez le coiffeur et dans les salons de thé ? Les goinfreries de petits fours et les dîners mondains où l'on ne fait que manger son prochain ?

Cette perspective me flanquait la nausée. N'avais-je donc rien d'autre à espérer ? Vraiment rien ? Je repensai à Patrick, l'astrologue, qui m'avait prédit ce grand tournant de mon existence. Je m'y trouvais et je ne savais pas le négocier.

Je composai aussitôt son numéro pour lui demander s'il avait interprété mon thème et s'il pouvait m'éclairer sur mon avenir. Son téléphone ne répondait pas. J'ai laissé sonner, longuement, malheureuse, et si seule.

Le sac de plastique gisait toujours à mes pieds. Je n'ai pu me résoudre à le faire disparaître. Je l'ai caché dans un sac à chaussures au fond d'un de mes placards, morose et indécise.

10

Je ne sais pas comment j'ai pu me débrouiller pour être en retard mais il était presque cinq heures et demie quand je m'engageai dans l'immeuble de Sandra. Le brave Saturne ne m'en tiendrait pas rigueur : il aurait sa pâtée et ronronnerait un bon coup. Je glissai la clé dans la serrure et fus étonnée de ne pas l'entendre immédiatement miauler sur le ton roucoulant familier, car il manifestait ainsi sa joie à chacune de mes venues.

J'ai appuyé sur l'interrupteur, en vain. Il régnait dans le studio une obscurité, un silence inhabituels. Sans refermer la porte, pour y voir un peu, j'appelai le chat qui me répondit par un faible miaulement inquiet. Autant d'insolite commençait à me mettre mal à l'aise. Je me suis dirigée vers la fenêtre pour l'ouvrir. Patatras ! Je me suis cognée à la table basse et avant que je sois tombée une main s'est posée fermement sur ma bouche et l'autre m'a empoignée par les épaules.

J'essayai de crier, de me dégager, mais mon agresseur était un costaud aux muscles de lutteur.

Il m'a projetée sur le lit et s'est aplati sur moi. J'ai senti contre ma joue le contact d'une étoffe. Écarquillant les yeux dans l'obscurité, j'ai compris que son visage était masqué. J'étouffais à moitié, je paniquais, et me débattais en tous sens. Peine perdue !

De folles idées traversaient mon esprit : « Je vais lui mordre l'oreille... Je vais lui arracher le nez... Je vais lui tordre les couilles... » Je gigotais pour me libérer mais à chacun de mes mouvements la pression augmentait, implacable. Peu à peu je cessai le combat, relâchant mes muscles.

C'est alors qu'il délivra ma bouche du bâillon de sa main. J'allais hurler quand il posa ses lèvres sur les miennes. Leur contact était chaud et velouté.

L'heure n'était point à ce genre d'attendrissement et je le mordis cruellement. Un peu de sang coula sur ma langue. Je profitai de sa surprise pour me débattre de plus belle. Il se fit plus pesant sur moi et passa en force mon poignet droit puis le gauche dans une paire de menottes resserrées par-dessus ma tête. J'étais prisonnière, réduite à l'impuissance, à sa merci. Je continuais à résister mais mon corps ainsi tendu me faisait mal. Je n'arrêtais pas de geindre et d'ahaner.

Voyant que je n'étais pas décidée à me taire, il enfonça un mouchoir dans ma bouche. Je m'étais pourtant habituée à l'obscurité mais je ne distinguais pas les formes de l'homme. Je tremblais de peur, pleurant silencieusement, de grosses larmes brûlantes glissaient sur mes joues.

Quand il arracha mon chemisier et souleva ma jupe, je serrai les dents sur le mouchoir qui me muselait. Ses doigts se posèrent sur mes seins, il les pétrissait. Dans un dernier sursaut, je lui décochai un coup de genou dans le ventre. Sa riposte fut immédiate, je reçus une paire de claques retentissante qui empourpra mon visage. J'arrêtai de me démener, acquiesçant à ma condition d'esclave.

Mes poignets me faisaient mal. Il allait abuser de

moi, j'y étais résignée, je le recevais en châtiment d'une justice immanente qui m'y aurait condamnée pour avoir voulu jouer avec le feu.

J'avais envie de le supplier de faire vite, mais il était apparemment bien décidé à prendre tout son temps. Il parcourait mon corps, s'attardant sur mes parties les plus intimes. Il voulut écarter mes cuisses, je résistai, mes ongles s'enfoncèrent dans les paumes de mes mains comme pour me rendre du courage. Comme il ne parvenait pas à ses fins, il m'assena une autre paire de gifles. Je faiblis sous le choc, lui en profita pour m'écarteler en ciseau. Et il glissa un doigt humide dans mon sexe sec. J'en eus un violent sursaut de dégoût. Curieusement, il interrompit aussitôt son geste.

Les secondes s'étiraient, je retenais mon souffle. Il ne bougeait plus. Je m'attendais à ce qu'il sorte un couteau. Je le suppliais intérieurement de ne pas me tuer, j'étais prête à accepter n'importe quoi pourvu que cela finisse. Au lieu de sortir une lame, il enfonça sa tête entre mes jambes et sa langue me pénétra. Je n'osais plus me débattre tellement j'appréhendais ses réactions de brutalité. Je me disais : un violeur ne tue pas sa victime si elle ne lui résiste pas.

Il s'appliquait trop bien et je me suis mise à détester mon corps qui se laissait aller à cette caresse forcée. Mon sexe se trempait et j'en avais honte. Lui se rendit compte de ma reddition et j'entendis le crissement de sa fermeture Éclair qu'il ouvrait. Je me crispai, je sentis son sexe tendu sur mon ventre, il se rapprochait du mien, embroussaillé, avec quelques difficultés à me pénétrer tant je restais passive. Il y parvint d'un coup de reins et d'une forte poussée abdominale. Une vive douleur me transperça. Je me raidis, je n'avais pas souvenance d'un membre aussi gros. Mon corps se laissait faire mais ma tête résistait. Je subissais son étreinte, il allait très doucement, ses mains enveloppaient mes seins, ses lèvres embrassaient mon cou, il me léchait l'oreille. Je frémissais de rage, de peur ou de plaisir, je ne sais, et cela m'humiliait plus encore.

Sa peau nue sur mon ventre, son odeur n'attisaient plus le dégoût que j'avais ressenti. J'accompagnais sans le vouloir les mouvements d'une verge longue et forte. Mon corps s'ouvrait, la douleur s'enfuyait, faisait place à une chaleur nouvelle. Je ne pleurais plus, je subissais, les sens en alerte. Il me traitait comme sa proie et j'étais totalement soumise.

Il se redressa pour s'enfoncer plus profondément en moi, je m'écartais encore et encore. Il accélérait la cadence et mon sexe s'enflammait. Je haletais. Le bâillon était tombé dans nos ébats sauvages. A présent tout mon être était incandescent. J'ai remonté les jambes pour mieux vibrer sous ce pieu. Ses poussées fulgurantes m'arrachaient des cris que je ne contrôlais pas. Du ventre, des reins, des seins, des doigts de pieds, tout entière je jouissais en cascade. J'étais en sueur de la tête aux orteils. Je me suis mise à trembler très fort, bouleversée, dans un état d'épuisement et d'intense satisfaction à la fois, comme si je venais de sortir d'une chrysalide, de renaître... juste avant de sombrer dans un trou noir, plus rien...

Je n'ai repris connaissance que tard dans la soirée, ne sachant plus où j'étais. Je me serais rendormie si le ronronnement de Saturne, lové dans le creux de mon cou, ne m'avait pas fait sortir de ma torpeur. J'ai soudain réalisé la situation, je me suis redressée, j'ai touché mon corps, j'étais entière, mais autre. J'ai su dans l'instant que j'étais révélée à des capacités de jouissance longtemps enfouies. Ce qui n'irait pas sans provoquer des histoires.

Je me suis levée, affolée, me cognant de nouveau dans un meuble. J'ai entendu un grand fracas, sans doute venais-je de casser une lampe. J'ai ouvert les fenêtres. Le studio semblait ravagé par une tornade, des objets jonchaient la moquette. J'ai respiré l'air du soir, j'avais besoin de remplir mes poumons d'espace. Le soleil déclinait, il ne devait pas être loin de vingt heures. Mon mari devait être mort d'inquiétude et pour une fois il avait raison.

Mon ventre me rappelait trop intensément le viol pour que je le chasse de mes pensées. Je détestais cet homme et je le haïssais plus encore parce qu'il m'avait donné un plaisir ardent. Je n'avais plus qu'une seule idée, m'en aller, quitter ces lieux, ne plus me voir dans les multiples miroirs témoins de la scène.

J'ai ramassé mon chemisier, une loque qui n'avait pas résisté à la lutte. Ma jupe n'était pas en meilleur état. J'ai cherché des vêtements dans la penderie de Sandra, mais aucun ne me convenait. Je me suis rabattue sur une jupe grise trop courte et un tee-shirt trop long qui avaient au moins le mérite d'être discrets. J'enfilai ce déguisement puis une de mes chaussures, la seconde demeurant introuvable. Je m'apprêtais à partir lorsque Saturne, sphinx sur le réfrigérateur, se rappela à mon bon souvenir: j'étais venue le nourrir et il attendait encore sa pâtée. J'ai ouvert sa boîte et j'ai récupéré des escarpins qui traînaient.

Enfin je partis en courant dans le corridor; mon pied gauche bascula et une douleur aiguë traversa ma cheville. Je boitillais, j'avais mal, je me suis déchaussée dans l'ascenseur. Le miroir de la cabine me renvoya une image calamiteuse, le tee-shirt moulant faisait jaillir ma poitrine, mon maquillage avait coulé, je n'avais plus de bas et un seul pied chaussé... Quelle allure ! Un couple s'engouffra au second étage, j'eus honte de leurs regards. Au rez-de-chaussée je m'enfuis comme une coupable, laissant derrière moi une femme agacée qui houspillait son mari. Elle m'avait dévisagée et sans doute ne supportait-elle pas que son mari ait fait de même.

Je me suis rechaussée tant bien que mal dans la rue. Il pleuvait et de ma démarche bancale je glissais sur le macadam. Je sentais entre mes cuisses une substance poisseuse. J'avais fait une toilette trop hâtive. Et pour clore le tout, j'avais envie de vomir.

Je croyais être la cible de tous les regards. En dépit de ma cheville meurtrie, je marchais aussi vite que possible. Un homme m'accosta, me prenant visiblement pour une prostituée. Je l'ai injurié, il s'est figé, très surpris. Je frisais la crise de nerfs quand enfin je m'engouffrai dans ma voiture. J'essayai de me calmer sans trop de succès car je repensais à mon violeur.

Était-ce vraiment un viol ? Pourquoi ne m'étais-je pas plus longtemps débattue ? Pourquoi avais-je connu ce volcan de plaisir ? Étais-je si différente des autres femmes ? Devais-je me confier à mon mari, à Sandra ? L'homme qui m'avait prise était-il aussi mystérieux que cela ? Autant de questions qui restaient en suspens. Je conduisais à vive allure vers la rue du Bois-de-Boulogne. J'eus peur alors de me retrouver face à mon mari. Qu'allais-je lui dire ? Je ne pouvais, en aucun cas, lui avouer la vérité. Je me doutais bien que l'agression subie était liée à mes séances de pose. Il ne me restait plus qu'à trouver une explication plausible à ce retard inhabituel.

Je suis rentrée dans la propriété, phares éteints,

pour me garer derrière et entrer par la porte de service. J'entendis des bruits de voix venant du salon et je me suis souvenue de la soirée prévue avec mes beaux-parents ! Il ne manquait plus qu'eux ! J'allais monter l'escalier, je me croyais sauvée juste au moment où mon beau-père sortit des toilettes. Il me regarda, médusé. J'eus un réflexe stupide, je posai un doigt sur ma bouche, l'implorant de se taire, attitude qui trahissait évidemment une culpabilité. Il me sourit avec un petit geste de connivence.

Je regagnai ma chambre en priant le ciel qu'il garde le silence. J'avais envie de me pomponner, de prendre un bain, de recouvrir ma peau de crèmes, de masser mon corps. Je n'ai eu que le temps de me changer. J'ai choisi un pantalon large pour dissimuler ma cheville qui avait doublé de volume. Je parvins à peine à enfiler une vieille paire de tennis. J'ai démaquillé mon visage mis à nu et je l'ai fixé un long moment, peut-être pour tenter de comprendre ce qui s'était passé dans ma tête.

J'ai fini par redescendre affronter la famille. Le premier regard que je croisai fut celui de mon beau-père. Une lueur complice brillait dans ses petits yeux rieurs, signe qu'il se tairait. Cela me réconforta et confirma le faible qu'il avait pour moi. Sa femme me lança un regard noir et son fils vint à ma rencontre, impatient de savoir.

— Où étais-tu ? Je me suis inquiété.

— Il y a eu une tentative de cambriolage chez Sandra. J'étais passée nourrir le chat, assez tard. Il a fallu que je prévienne sa gardienne et nous avons rangé un peu après les constats.

Marc Olivier ne put s'empêcher d'ajouter un commentaire réprobateur :

— Rien d'étonnant avec le genre de gens qu'elle reçoit...

Je préférai ne pas relever puisqu'il avait l'air de croire à mon invention. D'ailleurs il en resta là. C'était son côté sympathique, il évitait de provoquer la moindre discorde entre nous dès qu'il y avait une tierce personne. Sa mère maugréa quelques mots, mécontente de constater qu'il me traitait en reine, tant il était heureux de me retrouver.

Durant tout le dîner j'eus du mal à rester présente, à suivre la conversation. Mes pensées fuyaient ailleurs malgré moi. Cela n'avait pas d'importance et tout restait conforme à l'ambiance des habituels dîners. Pourtant quand ma belle-mère se permit une remarque acerbe sur mon air absent, mes nerfs ont craqué. Je me suis mise à sangloter devant tout le monde, il m'était impossible de m'arrêter. Je me suis levée de table en m'excusant. Marc Olivier m'a prise dans ses bras, essayant tendrement de me calmer. Il me berça de mots doux et j'ai retrouvé mon calme peu à peu. Il pensait que j'étais sous le choc du cambriolage, me sachant fort émotive. J'en ai profité pour m'éclipser. Il voulait m'accompagner, ce que j'ai refusé, avec une parfaite hypocrisie mondaine :

— Mais non, ta maman ne vient pas si souvent, laisse-la donc profiter de ta présence...

Mon beau-père me souhaita une bonne nuit plus chaleureusement qu'à son habitude. Il n'avait rien dit. Cela faisait des années qu'il n'avait plus droit à la parole. Sa femme régnait en tyran. Ce soir il savourait une petite vengeance.

Enfin j'ai pu prendre le bain libérateur, m'oindre la peau, enduire mon corps de crème. Je me suis douillettement pelotonnée dans mon lit, avec un livre. Je n'arrivais pas à me concentrer, les pages défilaient sous mes yeux, vides de sens. Je fus soulagée en entendant qu'ils partaient tôt. Peu après

Marc Olivier tapota à ma porte. J'avais envie de sentir une présence.

— Entre, mon chéri.

— Excuse maman, dit-il, elle est vraiment insupportable, tellement égocentrique.

J'ai haussé les épaules. Il s'est allongé près de moi et je me suis blottie contre lui. Aussitôt il m'a cajolée, embrassée. Je supportais cette étreinte, mon corps se raidissait. Il commença à me caresser plus bas, je gardais mes distances, pensant à l'autre. Mais il fallait ce soir jouer la comédie de l'épouse à son mari. Je frémissais et ce n'était pas de bien-être. Je me suis offerte, vite, et pour la première fois j'ai fait semblant de jouir sous ses attouchements, pour en finir au plus tôt. Trompé par mes démonstrations, il m'enfourcha et me pénétra. Je me suis sentie étrangère à cet homme qui s'agitait en moi et qui ne pourrait jamais me donner le quart du plaisir que l'autre m'avait arraché.

J'ai pris une douche rapide. Il était resté dans ma chambre. Il m'avait sentie encore tendue et il m'apportait tout son amour. Je l'ai rassuré, simplement, pour être tranquille. Il m'a serrée contre lui sous les draps. Comme j'aurais aimé qu'il regagne sa chambre ! Enfin il s'est endormi, profondément.

Les yeux clos, j'ai revécu la grande aventure qui m'obsédait. Plus la nuit avançait, plus j'étais perdue, malheureuse. Parfois, je détestais mon agresseur et des envies de meurtre naissaient en moi ; puis mon corps s'insurgeait, réclamait à nouveau les délices qui lui avaient été révélées, cette jouissance enfouie au fond de moi dont j'ignorais jusqu'alors l'existence.

Je pensais avoir deviné qui était mon inconnu, même si un doute léger subsistait encore. Dans l'obscurité, mes sens confirmaient cette impression.

D'abord, il y avait ce parfum viril de l'eau de toilette « Habit rouge » de Guerlain. Il ne me plaisait pas particulièrement mais il convenait au mieux à sa peau brune. J'avais cru aussi distinguer la sombre couleur de sa chevelure. Enfin et surtout, il y avait le contact de ses mains, si fermes, si précises et douces aussi partout à mon corps, et le souvenir tactile de l'inimitable façon dont il prolongeait ses poignées de main à chaque fois qu'il m'avait saluée.

J'avais la conviction très intime que mon violeur était Fabio, l'amant de ma meilleure amie. Je voulais le retrouver, mais, aussitôt, je me demandais pourquoi. Je n'avais nulle envie d'être de nouveau face à lui, de croiser son regard railleur.

Encore moins d'affronter Sandra. Lui parler serait la faire souffrir. Je ne désirais pourtant pas garder ce secret si lourd à porter. La personnalité d'Antoine finit par émerger de mon demi-sommeil : lui seul pouvait m'aider, m'expliquer, être aussi bien l'ami de l'un que le confident de l'autre. Les premières lueurs de l'aube apparaissaient quand j'ai enfin trouvé le repos.

11

Je me suis réveillée, seule, en entendant la voiture de Marc Olivier virer sur le gravier. J'ai sauté hors du lit et hurlé de douleur, affalée sur la carpette, brutalement rappelée au souvenir de ma cheville endolorie. Je me suis traînée jusqu'à la salle de bains où j'ai avalé deux aspirines et fixé un bandage efficace. J'avais mal à la tête, je ne me sentais vraiment pas en forme, mais mon désir de parler à Antoine, d'en apprendre plus était un stimulant qui effaçait toute fatigue.

Antoine n'ouvrait son magasin que l'après-midi. Je l'appelai donc, espérant qu'il ne serait pas parti à l'aube chiner sur les marchés. Son téléphone sonna cinq, six fois — il ne répondit qu'à la septième, le monstre !

— Je peux te parler ?

— Bien sûr... Je suis seul et j'ai mon temps. De plus je parie que tu voudrais m'entretenir du talent d'un certain peintre...

Sa réponse me décontenançait. Les deux compères avaient-ils déjà osé se tenir au courant ? Si oui, je devais surveiller mes propos, avancer avec prudence.

— Tu as deviné. Je voudrais en savoir plus sur Fabio.

— Je n'ai pas grand-chose à t'apprendre. Il est passé me voir, hier. Je lui ai annoncé les succès de vente de son exposition. Il m'écoutait à peine, alors que la semaine dernière c'était la seule chose qui l'intéressait. C'est bien la première fois qu'il est aussi absorbé par une femme. Tu es pour lui « un mélange de fragilité, de douceur, de sensualité, d'une grande féminité, un rien perverse »... bref la femme parfaite. Il est sous ton charme et tu l'inspires beaucoup dans sa peinture. Il a une envie irrésistible de te revoir et il est venu chez moi pour avoir ton numéro de téléphone. Voilà... Je ne peux pas t'en dire plus.

Je buvais du petit-lait et commençais à échafauder des plans de vengeance.

— Tu ne m'en veux pas de lui avoir communiqué...

— Au contraire... En échange donne-moi le sien... Parfait... Je t'embrasse très fort.

L'annuaire électronique, sur le Minitel, m'a fourni l'adresse de Fabio dans la minute suivante. Le numéro correspondait.

Cela m'a mise dans une rage froide, indescriptible. J'avais été victime de deux infâmes salauds.

C'était dans le dix-neuvième, c'était le loft de ce mufle de l'avenue Simon-Bolivar, celui qui avait tendu une tenture derrière laquelle il se cachait pour me photographier. Ainsi Sandra était sa complice ! Elle m'avait suppliée d'accepter cette prise de vues alors que la mise en scène annoncée ne m'inspirait pas. Puis elle m'avait emberlificotée avec les repas du chat à cinq heures. Et moi qui culpabilisais parce que je trouvais beau l'amant de ma meilleure amie ! Alors que cette maquerelle n'avait pas hésité à me livrer à son amant pour qu'il me viole !

J'étais au comble de la fureur. J'ai oublié que je boitais, mes fatigues et le reste, pour foncer dans ma voiture. Le studio est à l'autre bout de la capitale, je n'ai pas de patience dans les encombrements, mais nom d'un chien ! j'y suis arrivée en un temps record.

J'avais sa clé et j'ai ouvert la porte.

— Qui est là ?

La voix était atone, vieillie, j'ai eu du mal à la reconnaître. Sandra s'est dressée devant moi, somnambulique, méconnaissable, à tel point que ma colère est tombée d'un coup.

— Que s'est-il donc passé ? La prochaine fois que tu désires changer la décoration, préviens-moi.

La cause n'était pas désespérée puisqu'elle parvenait à conserver un zeste d'humour. Je me suis contenue pour lui faire mon récit. Progressivement, cependant, je m'énervais en revivant la scène et ma voix tremblait d'exaspération. Je lui racontai tout, en évitant toutefois de lui décrire le fabuleux plaisir que j'avais éprouvé. Au lieu de cela je traitai son Fabio d'ordure, surtout pour étudier sa réaction.

Elle s'était voûtée sous le choc, les yeux rivés au sol, muette.

— Réponds-moi franchement, Sandra : qu'as-tu à voir dans ce complot minable ?

Elle craqua d'un coup, éclatant en sanglots. Il l'avait menacée de ne plus la revoir si elle ne lui confiait pas les clés et si elle ne se débrouillait pas pour qu'il puisse me rencontrer. Il lui avait fait croire qu'il voulait me montrer les photos de la séance de pose. J'aurais choisi le tableau qu'il ferait de moi, puisque je voulais en acheter un.

Quel sale type ! Maintenant nous pleurions enlacées, épanchant nos peines. Car après cet exploit elle n'avait plus revu Fabio de deux jours... Et depuis qu'elle savait, elle était jalouse de moi. Elle ne supportait pas l'idée qu'il m'ait fait l'amour, oubliant tout des circonstances.

Mais un silence affligeant nous séparait. Nous ne savions plus quoi dire ni l'une ni l'autre. Notre belle affection me paraissait soudain bien précaire. Je me suis levée la première.

— Rangeons... Je vais t'aider...

Elle me regardait durement, prête à me sauter dessus pour défendre ce qui lui appartenait.

— Et toi, dans le fond, ça ne t'a pas vraiment déplu.

— Je suis désolée mais tu oublies que tu es la seule responsable.

— Tu aurais pu lui dire non !

Mauvaise foi ou aveuglement de la douleur ? C'en était trop de toute façon. J'ai tourné les talons et je suis partie sans un mot, un goût amer aux lèvres, avec l'impression d'avoir perdu une vieille amitié.

J'avais promis à Antoine de passer l'après-midi dans son magasin. Je n'avais plus le cœur à le faire et il a bien accepté mes excuses pourtant assez vaseuses.

Je suis revenue chez moi, les nerfs brisés, morte de sommeil. Je n'ai pas dépassé le canapé du salon et je m'y suis effondrée.

La sonnerie du téléphone me sortit de ma torpeur. Je décrochai et articulai péniblement un allô ?...

— Je vous réveille, Béatrice ?

Mon cœur battit à tout rompre. C'était la voix que j'attendais, espérais, désirais. J'ai dit sans réfléchir : « Non, non, Fabio... où êtes-vous ? »

Je venais de me trahir, réveillée ainsi, sans défense. Je me trahissais bêtement, laissant deviner que je n'étais pas furieuse contre lui, pas comme j'aurais dû l'être. Il en profitait, me berçant de sa voix chaude et profonde.

— Je suis chez moi, mon amour... vingt fois j'ai eu envie de vous appeler. J'avais tellement peur que vous ne raccrochiez. Je me sens si coupable mais je désire tant vous revoir. J'accepte tout de vous pour me faire pardonner. Je vous aime. Je vous attendais depuis si longtemps...

Je n'analysais rien d'un discours dont seule la mélodie me retenait. J'éprouvais un plaisir ineffable à entendre ces aveux les plus doux. Il continuait et inhibait toute résistance en moi. Ma haine glissait vers le ressentiment et les reproches, et j'oubliai ma rancœur quand il termina en vibrato:

— Je vous veux...

— Oui, Fabio.

Je me délectais à répéter à haute voix ce prénom aimé que, sans oser me l'avouer, j'avais murmuré tant de fois dans ma tête.

Il m'attendait. J'avais accepté son rendez-vous et je réalisai soudain qu'en me rendant chez lui je devenais définitivement coupable vis-à-vis de mon mari. J'avais souvent triché avec Marc Olivier, en marge, dans le superficiel. Le tromper devenait un acte grave, une trahison.

A l'opposé, ne pas revoir Fabio signifiait rester dans l'ignorance de ses sentiments véritables. Je pris donc la résolution d'y aller et de ne pas le laisser me toucher. J'attendrais qu'il s'excuse, s'il trouvait les mots nécessaires. Je me forgeais une personnalité proche de ces héroïnes de Stendhal qui avaient bercé mon adolescence, femmes inapprochables dans les plus folles passions, et qui finissaient par en mourir. Je voguais en plein romantisme, j'espérais qu'en revoyant son suborneur mon corps, plié à ma volonté, cesserait de le réclamer.

La porte était entrebâillée, ce détail m'agaça, il

me rappelait trop notre première rencontre. Fabio était assis dans le canapé. Il fumait en me guettant, immobile. Il me laissait approcher, pareil au fauve qui hypnotise sa proie. Son regard me transperçait ; le désir montait en moi, brûlant, faisant fondre mes déterminations stendhaliennes comme neige au printemps.

J'ai voulu répéter son nom. Il m'a fait signe de me taire. Il caressait mes cuisses ; ses doigts remontaient sur mes fesses. Il a dégagé en souplesse la fermeture du jean dont je m'étais caparaçonnée, croyant me protéger. Il a posé sa tête contre mon ventre. Son souffle chaud m'électrisait. J'étais sans défense, à nouveau, mon sexe ne m'obéissait plus.

Il se leva et ses lèvres se joignirent aux miennes. Nous échangeâmes un long baiser passionné. Il m'enleva et me porta sur le lit. Il me déshabilla sans ménagement, puis me lécha, me mordilla, me griffa. D'une seconde à l'autre il me traiterait comme une chienne puis comme une princesse. J'étais folle de désir. Quand sa langue toucha mon sexe, je lui fis don d'une jouissance immédiate. Je lui étais totalement offerte. Il arracha sa chemise, se défit de son pantalon et vint me rejoindre. Je l'admirai ainsi nu. Il voulait me prendre mais je l'en ai empêché. Je le touchai. Il n'avait pas un gramme de graisse, il ressemblait à une sculpture. Je n'avais jamais eu si bel homme dans mon lit, bien sûr, j'avais eu si peu d'amants ! Son corps était fait pour l'amour. J'engloutis son membre dans ma bouche. Je m'enivrais de son odeur. Je voulais le découvrir, le palper, le goûter, je m'appliquais. Il me tira les cheveux, m'obligeant à lâcher prise. J'étais fière, il avait failli éclater dans ma gorge. Il s'allongea sur moi et enfin me pénétra. Nos deux êtres aussitôt furent un seul. Je retrouvais cette langueur et cette chaleur dans mon ventre. Il me faisait l'amour brutalement puis langoureusement, fougueusement puis délicatement, tout en finesse et tout en tornade, parfois sublime et parfois brutal, et j'en étais bienheureuse. C'est ainsi que nous nous sommes aimés : sans retenue, et pour lui je suis devenue impudique.

Le temps s'égrenait. Nous étions allongés, corps ruisselant de sueur, nous avions à peine échangé quelques mots d'amour. La sonnette nous sortit de notre béatitude. Il se leva, enroula un drap de bain sur ses reins.

J'eus un soupir d'aise, fermai les yeux, j'étais sur un nuage. L'instant d'après je tendis l'oreille et je me suis figée. Je venais de reconnaître la voix de Sandra à la porte et le ton montait. Elle agressait Fabio, l'insultait, le traitait de « saloperie ». Je n'arrivais pas à saisir ce qu'il lui répondait. Je redoutais le pire. Je les imaginais enlacés et cela m'était insupportable. Je le voulais déjà à moi seule. Je me suis levée, pour voir.

Sandra était à genoux sur le pas de la porte, à ses pieds, et elle le suppliait :

— Je t'aime, laisse-moi entrer.

Son visage trahissait sa souffrance. Elle me faisait pitié. Fabio ne cédait pas et commençait à perdre patience. Elle insistait.

— Je sais qu'il y a une femme chez toi, mais je suis prête à te pardonner.

Elle s'agrippait à ses hanches et le drap de bain tomba. Elle essaya de s'emparer de son sexe. Il la repoussa, elle se cramponna. Il la jeta durement au sol.

— Je suis avec Béatrice, tire-toi !

— Cette timorée, qu'est-ce qu'elle peut t'offrir ?

Il la releva en la secouant. Elle était blême, décomposée. Il la rudoya.

— Pauvre conne, tout ce que j'ai fait avec toi, c'était pour l'approcher, elle, alors maintenant fous-nous la paix : dégage !

— Non... ça ne se passera pas comme ça ! lança-t-elle dans un cri désespéré.

Il lui claqua la porte au nez. Je me replongeai dans les draps. Il me rejoignit, sans trouble apparent. Je l'observais, j'attendais sa réaction. Il se contenta d'un :

— C'était Sandra, elle est au courant.

Et il m'enlaça.

— J'ai peur... qu'est-ce qu'on va faire ?

Il m'embrassa avant de me répondre.

— On va s'aimer.

Cet homme avait une singulière aptitude à passer de l'infinie douceur à la dureté extrême en très peu de temps. Nous avons fait et refait l'amour et j'ai connu le bonheur sans me poser de questions.

En fin d'après-midi j'ai ouvert un œil. Le corps tout engourdi, je me suis levée, comblée. Je l'ai admiré. Il dormait profondément et ses traits apaisés étaient encore plus beaux. J'avais envie de le cajoler. J'apprenais son visage par cœur pour me le remémorer à ma guise. Puis j'ai pris une douche rapide, je me suis rhabillée. J'allais partir quand il s'est réveillé.

— Reste avec moi.

— Je ne peux pas, je dois rentrer.

— Je te revois quand ?

— Je ne sais pas, mon amour... C'est tellement nouveau pour moi, tout ça. Laisse-moi réfléchir. Les choses ne sont pas si simples. Embrasse-moi...

— La vie est courte, Béatrice, il faut savoir en profiter. Le bonheur est rare, ne le gâche pas.

12

Quand Patrick donnait des explications, son visage s'illuminait et l'on oubliait sa balafre et sa laideur. Il tenait des feuillets en main, tendant l'index sur la carte du ciel de naissance, commentait successivement la position et la signification de chaque planète, de chaque maison, insistait sur l'importance de l'ascendant : Scorpion sur le signe Taureau.

L'astrologie s'était limitée jusqu'alors pour moi au signe solaire et je comprenais pourquoi cela me paraissait artificiel. Je découvrais avec Patrick un univers complexe. Je l'écoutais décortiquer mon thème et je voyais ma propre personnalité en transparence. Il me parlait de moi comme s'il me connaissait depuis bien longtemps. Selon lui cette recherche pouvait m'aider à pénétrer mon inconscient, à devenir moins esclave de ma destinée. C'était, me semblait-il, le moment ou jamais.

Je lui fis part de mon aventure avec un autre homme, il sourit, ne sembla pas autrement surpris. Il m'expliqua plus en détail que je traversais une période de grande mutation, en particulier dans ma vie sentimentale, bouleversement sans doute dû à Pluton. Patrick me fascinait et je sollicitais ses conseils.

— Je peux t'apprendre à devenir sage, c'est-à-dire

à maîtriser ton Moi intérieur. Ainsi tu prendras des décisions en ton âme et conscience, au lieu d'agir sur des coups de tête. Mais je ne peux en aucun cas t'ordonner ce que tu dois faire. Notre libre arbitre n'appartient qu'à nous, à nous seuls, c'est la pénitence majeure de la condition humaine.

Patrick m'avait parlé si longuement que cela restait un peu confus pour moi. Il m'offrit les deux livres qu'il avait apportés en me conseillant de les lire le plus tôt possible. Il m'interrogea ensuite sur Sandra. Je lui fis part de notre dispute en lui expliquant brièvement les raisons. Ainsi que de mes inquiétudes quant à la suite des événements tant je la savais impulsive. Il s'efforça de me rassurer.

— Laisse-lui quelques jours. Elle doit être bien malheureuse, mais elle t'adore, cela s'arrangera.

J'y croyais sans y croire. Surtout je n'avais aucune envie de lui céder Fabio et je me rongeais à la pensée qu'une telle allumeuse était capable de le reprendre.

Vers dix-neuf heures j'étais de retour à Saint-Cloud, retirée dans ma chambre avec une bonne heure devant moi pour relire les feuillets de Patrick et consulter ses bouquins.

Le répit ne fut pas long. J'ai entendu Marc Olivier rentrer plus tôt que de coutume. Je suis descendue l'accueillir, ébranlée par le pressentiment d'un drame. Jamais je ne l'avais vu ainsi, visage fermé, mâchoire crispée, blanc comme un linge. Il m'attaqua férocement sans me dire bonsoir.

— J'ai à te parler, assieds-toi...

J'obéis, baissant la tête, déjà coupable. Je me doutais qu'il avait découvert la vérité car jamais jusqu'alors il ne s'était adressé à moi avec méchanceté. Il se versa un verre de whisky sec qu'il avala avant de lâcher le morceau.

— Sandra m'a téléphoné au bureau cet après-midi.

Elle avait mis sa menace à exécution... Mon visage s'empourpra, mon cœur s'emballa à tout rompre.

— Et que t'a-t-elle dit ? Nous sommes fâchées, tu sais ?

Il me toisait, effrayant, restait volontairement debout pour mieux me dominer.

— Ça se comprend ! J'ai eu du mal à la croire quand elle m'a affirmé que tu avais un amant. J'avais tellement confiance en toi. Je te sentais absente mais jamais je n'aurais imaginé qu'il y en avait un autre... Si elle ne m'avait pas juré ses grands dieux que tu lui avais piqué le sien je ne l'aurais pas cru. Elle a insisté avec force détails. Elle en a rajouté, sans doute pour te punir de le lui avoir enlevé, prenant un plaisir sadique à me faire souffrir... Tu aurais pu, pour le moins, éviter de lui parler de mes prouesses sexuelles. Si tu n'étais pas heureuse, c'est à moi qu'il fallait en parler.

La vache nous avait démolis tous les deux, j'en restai muette.

— Écoute-moi bien. Je ne veux pas une explication de plus. Je te donne deux jours pour réfléchir. Ou tu me jures de ne plus le revoir, ou tu quittes la maison.

Sa voix tremblait et ses yeux étaient embués. Il me fit une peine profonde. Je me détestais de lui avoir fait tant de mal. Je me suis jetée dans ses bras et j'ai voulu l'embrasser. Il me repoussait doucement. Je murmurai plusieurs fois :

— Pardonne-moi, mon chéri, pardonne-moi...

Il m'a prise par les épaules. Il se contrôlait mieux. Au lieu de me taire je lui ai dit, bêtement :

— Laisse-moi t'expliquer...

— Ah non ! sûrement pas, coupa-t-il. Je ne veux

pas entendre ce genre de phrases qui restent ensuite gravées dans la mémoire. Je te laisse une chance et si tu me promets de ne plus le revoir, je te donne ma parole de ne plus jamais te parler de cet... incident.

Il avait hésité sur le dernier mot et il avait utilisé celui-là pour me montrer que ça pouvait ne pas être grave. Je n'avais aucune possibilité de lutter contre lui dans ce à quoi il excellait : le maniement des mots et l'argumentation. Mieux valait me taire une bonne fois pour toutes.

— Promets-moi, reprit-il, de réfléchir et ne le revois pas pendant ces deux jours. Tu promets ?

Je hochai la tête en signe d'assentiment.

— Non, Béatrice, je veux que tu le dises dis-tinc-te-ment.

— Oui, je te le promets.

— Bien... je reviendrai dans deux jours. Si tu es là, notre vie continuera comme avant. Je t'emmènerai dîner. Sinon sois gentille, rassemble tes affaires et quitte Saint-Cloud. Tu n'auras qu'à donner tes nouvelles coordonnées à ma secrétaire.

Il se dirigea vers la porte sans un regard pour moi. Je me sentis mal. Je ne supportais pas de le voir partir ainsi. J'ai crié :

— Je t'aime ! Je t'en supplie, reste avec moi.

Il ne broncha pas et disparut sans se retourner. Quand j'entendis la voiture démarrer, j'ai hurlé de rage. Je souffrais de la peine que je venais de lui infliger. Ce soir, j'aurais pu lui jurer de ne plus jamais revoir mon amant, s'il était resté un moment de plus. Je devais cependant reconnaître que son attitude était exceptionnelle. Il avait évité de me faire une scène. Il acceptait même de me pardonner. Pourquoi m'abandonnait-il ? Me mettait-il à l'épreuve ? Pourquoi n'avais-je pas le droit de consoler mon mari ? Et s'il était parti rejoindre Sylvie, sa secrétaire ? Je l'imaginais mal aller à l'hôtel. Je découvrais que j'étais jalouse et c'était insoutenable.

Le téléphone sonna. Je me suis précipitée, certaine d'entendre sa voix. C'était Fabio. J'ai raccroché aussitôt. La sonnerie a retenti de nouveau et pour éviter toute tentation j'ai débranché le combiné.

J'ai erré dans la maison vide une partie de la nuit avant de me résoudre à avaler des cachets pour sombrer plus vite dans l'oubli.

Le lendemain j'ai traîné de ma chambre à la salle de bains, au salon. J'ai consommé des vidéos, grignoté n'importe quoi. Je suis restée en jogging, les cheveux à peine coiffés. Le surlendemain je ne supportais plus cette solitude imposée. J'avais besoin de voir quelqu'un. En début d'après-midi je suis allée rendre à Antoine la visite promise.

Il était là, en face de moi, heureux de me voir, m'écoutant. Il m'a laissé finir mon histoire.

— Je regrette de te voir juste pour que tu me parles de Fabio, dit-il, mais c'est mieux que rien... Tu devrais t'installer chez moi, tu apprendrais le métier, cela pourrait te rendre service, si tu devais subvenir à tes besoins.

Doutait-il de moi ? Je venais pourtant de lui faire part de ma ferme intention de rester avec mon mari.

— Le moment me paraîtrait plutôt mal choisi pour annoncer à Marc Olivier mon envie de travailler.

— Non, au contraire. Tu te trompes : il acceptera, trop heureux de te garder.

J'ai passé l'après-midi dans son magasin. J'ai admiré la manière dont il accueillait les visiteurs. Il trouvait pour chacun la formule adaptée, les mots nécessaires. Il en changeait selon le sexe, l'âge et les moyens supposés de la personne. Entre deux, il me confia les règles du succès dans son négoce : parvenir à deviner le budget et la culture de chaque acheteur.

Au moment où je m'y attendais le moins, Antoine osa un geste, posant sa main sur la mienne. Je le laissai jouer avec mes doigts. Les siens étaient longs, fins. J'étais très proche de lui en cet instant. Je retrouvai une respiration mesurée, un calme qui me manquaient depuis quelques jours. Puis il porta ma main à ses lèvres, l'embrassa fiévreusement.

Le charme était rompu. Son souffle était brûlant et je voyais naître dans ses yeux le désir. Son amitié n'était pas aussi pure qu'il voulait bien le laisser croire.

Une dame entra dans la boutique, c'était sans doute mieux ainsi. Six heures étaient passées et je devais rentrer.

— Je m'en vais, lui dis-je. Je peux revenir demain ?

— Bien sûr, tu es ici chez toi.

Je souris et répondis un peu lasse :

— Je souffre d'avoir trop de chez-moi.

Il me fit un clin d'œil complice, et m'abandonna pour s'occuper de sa cliente.

L'instant crucial approchait. Je voulais rester avec Marc Olivier : j'avais tant d'affection, de tendresse, d'admiration pour lui. Mais ces sentiments me paraissaient bien faibles face à l'amour, à la passion, au sexe. Saurait-il me faire oublier mes pulsions ? Pourrait-il me redonner du plaisir ? N'avais-je pas le droit de disposer de ma jeunesse et de refaire ma vie ?

J'avais tourné et retourné ces arguments cent fois dans ma tête. Pourtant je n'avais pas modifié ma décision en arrivant à la villa. Il m'y attendait, toutes lumières allumées. Je vis sur son visage qu'il n'avait pas dû dormir beaucoup. Nous nous sommes jetés dans les bras l'un de l'autre, il m'a serrée fort, très fort, longtemps. Ses lèvres se sont jointes aux miennes et machinalement j'ai retrouvé les gestes habituels.

— J'ai réservé au Fouquet's, tu adores cet endroit, non ? dit-il d'une voix un peu forcée.

— Oui, mon chéri, tu as bien fait. Je vais me changer.

— Non, tu es très bien ainsi. Je ne te lâche plus... J'ai eu tellement peur que tu ne reviennes plus...

La dignité du ton, l'intensité du regard me troublèrent. Je murmurai :

— Allez, viens.

Il avait obtenu une des meilleures tables. Il commanda du champagne rosé. Je bus beaucoup dès le début du repas. J'avais besoin d'être gaie. Au moment du dessert il déposa un petit paquet dans mon assiette. Je m'attendais à tout sauf à recevoir un cadeau.

— Tu es fou ! lui dis-je, enjouée.

Sa réponse à lui fut empreinte de gravité.

— Oui, fou de toi. Je t'aime, Béatrice.

Le cadeau m'a évité de répondre. Je n'arrive jamais à défaire les paquets-cadeaux et je m'énerve. Il s'en est amusé et a extrait l'écrin. C'était une alliance en diamants, elle brillait tout autant que mes yeux. Je l'ai glissée ostensiblement à la main gauche et j'ai embrassé mon annulaire. J'étais tranquillisée par cette manifestation de bonheur paisible. Mais Marc Olivier se montrait trop prévenant, plus que d'habitude me semblait-il. De retour chez nous il m'enlaça dans l'entrée. C'était le moment que je redoutais.

Il me caressait avec une fougue malhabile. Il avait

trop envie de mon corps pour savoir le faire vibrer à sa vitesse propre. J'aurais aimé éprouver du plaisir avec lui. Ses attouchements fébriles m'en empêchaient. Son assaut était bien trop rapide. Je jouai le jeu pourtant et je ne crois pas qu'il s'en rendit compte. Pour en être débarrassée au plus vite, j'ai simulé la jouissance avec des cris de souris. Il mit fin à ces ébats pénibles, persuadé de m'avoir enfin reconquise. Il ne m'épargna rien puisque ensuite il chercha à se rassurer en me questionnant sur notre étreinte.

Comme bien des femmes, j'ai menti, je lui ai juré qu'il avait été superbe, qu'il m'avait emportée, loin, très loin. J'ai dû être convaincante car il s'est endormi sur ces paroles rassurantes. Moi je pleurais et me reprochais mes larmes. Est-ce que la plupart des épouses ne m'envieraient pas un mari de la qualité du mien ? Alors ? Pour mieux me convaincre, je fis scintiller ma bague dans l'obscurité.

13

Je grignotais mon croissant, j'avalais une gorgée de café de temps à autre, je n'avais pas très faim, ni soif. J'adorais d'habitude étirer ces moments où, dans les draps encore chauds, je savourais un petit déjeuner à épisodes, mais ce matin-là je ne parvenais pas à vivre un éveil d'épicurienne prête à cueillir l'instant.

Les scènes de la veille me perturbaient par-delà le sommeil. J'aurais voulu conserver ce mari à qui je gardais rancune de m'avoir imposé un choix cruel, je détestais Sandra qui était responsable de cette situation de conflit. Le téléphone sonna. J'ai décroché, rogue, de mauvaise humeur. C'était Fabio.

— Mon cœur, cela fait trois jours que j'essaie de te joindre. Pourquoi ne m'as-tu pas appelé ? J'ai failli venir mais Antoine n'a pas voulu m'accompagner. Il paraît que j'ai provoqué assez d'histoires pour le moment.

Quel soulagement ! J'imaginais mal un face-à-face entre l'amant et le mari. Je me sentais l'âme romantique, mais certes pas jusqu'à ce type de confrontation.

La voix de Fabio agissait comme un puissant sortilège érotique, me changeait en automate obéissant. Au son de ses paroles, mon être se transformait, mon corps se tendait vers lui. Les mots m'échappaient, je ne songeais plus à leurs conséquences, je n'étais plus qu'une femme amoureuse.

— Pardonne-moi, mon amour... Tu me manques.

— Viens vite.

J'ai pris un sac de voyage, l'ai rempli de quelques vêtements, de mon nécessaire de toilette. Je m'enfuyais, ignorant si je regagnerais un jour le domicile conjugal, n'y pensant même pas.

J'avais à peine la main sur la poignée de la porte d'entrée que la sonnerie me fit sursauter, comme prise en faute. J'eus du mal à me décider à ouvrir, ce que je finis par faire après de longues hésitations. Sandra piétinait.

— J'allais partir, je croyais qu'il n'y avait personne.

— Si c'est Marc Olivier que tu viens voir, retourne à son bureau.

— Pardonne-moi, je t'en supplie. Je n'ai pas voulu causer tous ces dégâts. Je le regrette. Laisse-moi entrer.

— Une minute, si tu y tiens... Crois-tu vraiment que nous ayons encore quelque chose à nous dire ?

Elle fumait nerveusement, debout dans le hall.

— Comment l'a-t-il pris ?

— Qui donc ? Mon mari ? Ça t'amuserait de savoir, mais je n'ai pas le temps. Je pars retrouver Fabio.

J'avais cherché des paroles vipérines pour la faire souffrir, pour me venger de ce qu'elle m'avait fait. Je souhaitais cette fois une dispute violente qui réglerait les comptes. Elle, tout au contraire, parlait le plus calmement du monde.

— N'y va pas... Ne fais pas ça. Tu vas le regretter. C'est un être négatif.

Ce terrain ne me convenait pas. J'exagérai de nouveau la provocation.

— De quoi te mêles-tu ? Ça suffit maintenant... Laisse-moi mener ma vie comme je l'entends avec celui qui va l'illuminer ! C'est un artiste magnifique...

Elle ne parvint pas plus longtemps à conserver son calme et explosa.

— Lui, un grand artiste ? avec des élèves ? Mon œil... Entouré de modèles ? mon cul ! Ils ne sont pour lui que des moyens de racoler pour son business : une ou deux séances de bonne baise contre l'achat d'un portrait à poil. Il vit de sa queue, ton soi-disant artiste... et je te le laisse, imbécile ! Téléphone-moi quand même quand tu auras besoin de moi.

Elle m'a devancée, m'arrachant la porte des mains et la claquant à ma place.

Ses derniers mots me laissaient perplexe, mais, au fond, quitter une amie me paraissait moins dur que quitter un mari.

J'ai fait un dernier tour dans ma chambre, avec un pincement de cœur, récupérant deux ou trois objets avant de refermer la porte. Plus tard, j'aurais le temps de revenir chercher mes affaires. Je ne fuyais pas le domicile conjugal. Je n'envisageais pas de déménager mes affaires. Je partais, certes, mais en me conduisant honorablement. Ce qui supposait qu'il me fallait laisser une lettre. J'ai commencé à écrire, à raturer, les mots s'embrouillaient dans ma tête. En fait je me justifiais et n'aidais en aucune façon mon mari à accepter mon départ. J'ai fini par griffonner, des larmes plein les yeux, ces quelques mots sur une carte bristol :

« Je pars, il ne fallait pas me demander de choisir. Je suis triste, je t'aime. Ta femme. »

Je m'attendrissais sur mon sort. Il était grand temps de me sauver, sinon peut-être n'y parviendrais-je plus. J'ai essuyé mes yeux, impatiente de trouver une consolation dans les bras de l'autre.

L'épreuve du trajet me parut cent fois insurmontable, et j'ai failli faire demi-tour à chaque feu rouge.

Mais tout bascula, comme par magie, lorsque je grimpai les étages, le désir montait en moi, marche après marche. La porte s'ouvrit après quelques secondes qui me parurent très longues et je fus enfin contre lui.

En silence, privilège des amants dont les sens suffisent pour se comprendre, nous nous sommes jetés sur le lit défait. Nous avons fait l'amour encore et encore. Fabio me rendit la paix et mit fin à mes remords dévastateurs.

Si j'avais une absence, une somnolence, il suffisait pour me ranimer qu'il vienne me chuchoter à l'oreille :

— Que tu es belle, ma princesse !

J'avançais le bout des doigts à sa rencontre et mes ongles crissaient, la subtilité du toucher me donnait l'impression de froisser un pelage soyeux, une peau de satin fermement tendue.

Je prenais son sexe, le promenais sur moi partout, à l'attache des épaules, le long du cou, le pointais sur mon menton, sur mes joues.

Quand il atteignait mon nez et que j'en respirais l'odeur de musc, je m'offrais un long plaisir solitaire.

C'était merveilleux. Nous repartions de la case départ, comme dans le jeu de l'oie de mon enfance, comme si nous faisions la première partie.

Mes lèvres remplaçaient mes doigts. La finesse de leur tactilité m'apportait une foule de renseignements sur la tension de cette peau fiévreuse, brune et couverte de poils sombres. Les frissons de la grosse veine qui battait sous ma langue m'envoûtaient. Je l'humectais sur toute sa longueur, remontais à l'extrémité, en trouvais la pointe goûteuse au premier coup de langue , comme un gâteau à la rhubarbe, acidulé. Je m'en pourléchais et je devinais son regard amusé. Je la promenais au contour de mes lèvres. Leur moue s'écartait sous la pression du bout, puis le repoussait à la façon d'un noyau sucé et resucé.

Dans le mouvement les globes de mes seins bondissaient, gonflés, appétissants. Il les pressait, susurrait :

— J'adore tes seins, ma princesse, ils ont la douceur des peaux d'ange.

— Ils sont à toi, mon amour... Viens entre eux.

Je prenais sa queue, la guidais puis l'écrasais, la faisant jaillir entre mes deux seins, cette force virile qui m'appartenait. Baissant la tête, j'arrivais en même temps à poser mes lèvres sur le cône, à l'aspirer, à retrouver ce goût sirupeux de pâtisserie qui me faisait mourir de convoitise. Alors ma propre salive descendait à l'intérieur de ma gorge, elle me paraissait douce comme du lait au miel et je m'offrais un second plaisir à la pensée que bientôt ce serait lui, mon homme entier, que j'avalerais.

Je me jetais avec passion sur ce beau membre érigé pour moi, avec une fougue telle que Fabio me retenait, saisissait mes épaules pour empêcher que je ne m'étouffe.

Fabio, l'artiste, contemplait mon dos aux pentes arrondies, aux épaules incurvées sur l'échine, un vallon de chair qui se soulevait, un séisme d'émotions qui se mouvait au gré de mes improvisations gourmandes.

Je ne me rassasiais pas d'admirer ce membre merveilleux dont le maître était totalement éperdu, oublié à lui-même. C'était « le » membre, l'objet primitif qu'il s'agissait de posséder, le porte-bonheur unique, la mascotte des corps unis. J'idolâtrais ce fétiche de l'accord sexuel. Je lui lançais un dernier regard avant de l'aspirer. Je l'enfonçais et me laissais enivrer par la jouissance, avec des cris étouffés d'énervement et d'émerveillement.

Je m'immobilisais ainsi cambrée, en posture haute. Je rêvais de jardins magiques et d'êtres surnaturels, si beaux dans leur nudité. Il devait être merveilleux, comme en ces siècles bucoliques chantés par Virgile, de faire l'amour sans contrainte en pleine nature, entourés de la fumée des herbes et de l'odeur des bois. Je rêvais mon bel athlète grec me jouant de la flûte, modulant les sons pour me séduire et me prenant sans fin aux rythmes de ses mots.

Des myriades de sensations fourmillaient de mes genoux à mes cuisses. La virilité de mon amant insatiable me taquinait par-derrière. Je fermais les yeux, concentrée sur l'image du plaisir qu'elle provoquerait.

— Ça te plaît de te faire grimper, hein ?

Je n'étais plus sa princesse, je devenais sa jolie petite putain. Et je changeais de personnage avec une ardeur renouvelée.

D'un mouvement incontrôlé j'ai enserré ce membre idolâtré. Les fourmillements remontaient tout le long de ma peau, envahissaient doucement mon ventre et mes reins, venaient de la ceinture vers le bas-ventre, gagnaient les lèvres de mon sexe bouillant et l'attente fut insupportable. Plus je fermais les yeux, plus je sentais sa consistance croître, s'affermir encore, frayer sa voie dans le sillon, et vers la porte de désirs qui l'attendait, moite.

J'ai su alors que c'était vrai, qu'il allait me le faire. Une joie indicible me prenait aux entrailles. La chose me paraissait naturelle, dans l'ordre simple du bonheur charnel, du mieux-être de mon corps, elle matérialisait la réalité de ce qui n'était qu'un songe dans l'instant d'avant. Le plaisir rustique tant espéré se personnifiait dans une virilité audacieuse. La femme frémissait en moi comme jamais elle n'avait frémi, une femme radieuse de pouvoir combler dans l'instant même un de ses fantasmes secrets. L'homme impérieux la poussait du bout de son sexe vers les sommets de l'amour pour la sacraliser définitivement.

— Dis-le que ça te plaît de te faire monter, dis-le !

— Ça me plaît, je veux que tu me montes...

Il me faisait jouir avec ses mots. J'étais en nage, éperdue, esclave. Je me livrais corps et âme au prédateur qui me portait au septième ciel des extases exceptionnelles. La chair de poule grignotait mes jambes, encadrait la fleur épanouie dont les blondeurs ondulaient.

Ses mains sont venues immobiliser un instant mes reins agités de tangages. Juste le temps de posséder l'anneau, roidement, à petits bouts, à petits coups. J'ai joui sur-le-champ, j'ai joui par tous les pores de ma peau, dans la joie de ce que je lui abandonnais.

Je reprenais mon souffle et mes esprits quand je me rendis compte que lui ne s'était point écoulé en moi : il m'avait eue en retenant son épanchement. Et si j'avais quelques doutes, il me les ôta du ton persifleur dont il me dit :

— Tu la veux, cette bite bien longue, jusqu'au fond, oui ou non, tu la veux ?

— Oui, je veux ta belle bite, je la veux...

Une sorte de rage enflamma derechef mes entrailles.

Fabio me maintenait vigoureusement par les hanches et me forait les fesses, qui claquaient sous ses assauts. Il se savait plus fort, plus dur, plus résistant que moi. Il se sentait plus capable que n'importe quel homme de m'avoir totalement et de me faire mourir de plaisir. Il se sentait la force d'un dieu dévastant la belle mortelle prosternée à ses pieds. Il se déchaînait en poussées fulgurantes jusqu'à ce que le volcan coule ses laves brûlantes au plus secret de moi.

La chape voluptueuse du plaisir me couvrit longtemps. Un monde lointain s'était révélé, me semblait-il, et je le quittai à regret.

Je papillotai des paupières avant d'ouvrir les yeux, sentant qu'il m'observait.

— Tu es à moi, maintenant tu es vraiment à moi, a-t-il dit.

Il avait raison. Toutes mes inhibitions avaient cédé une à une. Il me paraissait maintenant normal de jouir autant de fois et surtout si vite. Quand il me regardait intensément de si près je n'étais plus gênée. Il admirait mon sexe et j'encourageais son voyeurisme. Il pouvait dire qu'il me possédait absolument et cela me comblait. L'aveu le plus difficile est né pour la première fois sur mes lèvres :

— Je t'aime.

J'en étais en cet instant convaincue. Il pouvait tout me demander. Mon corps lui était totalement offert.

Notre estomac se rappela à notre souvenir tard dans la soirée. Nous avons décidé de rester là ; ni l'un ni l'autre n'avions envie de voir quiconque — les amoureux sont seuls au monde.

Je l'ai surpris en train de rebrancher le téléphone, discrètement, geste réflexe de célibataire. Sandra en était coutumière, il indiquait pareillement chez Fabio qu'il ne voulait être dérangé par aucune de ses nombreuses maîtresses. Mon cœur se serra mais j'eus la force de ne pas lui poser de questions. Il commanda chez un traiteur une foule de victuailles, visiblement heureux. Je protestai de l'abondance, il m'interrompit de la main et du sourire :

— Tu dois reprendre des forces, la nuit ne fait que commencer.

Nous avons roucoulé, mangé, marivaudé, c'était le grand bonheur. Puis nous nous sommes endormis, nos deux corps emmêlés. Je me suis réveillée dans la nuit, surprise d'être à ses côtés. Il dormait profondément. Je l'observais, l'apprenais, effleurant sa nuque, ses cheveux, reconnaissant mon amant, posant l'index sur sa bouche charnelle, irrésistible, attirante. Pour la clore ? pour l'interroger ? pour graver dans mon souvenir sa chaleur et sa beauté ? Il remua en grognant. J'ai craint de troubler son sommeil et je n'ai plus bougé. Je suis restée immobile, près de lui, tout était nouveau pour moi. Les vestiges du repas jonchaient la carpette. Moi qui avais mené une vie si ordonnée, j'étouffai un rire en imaginant mon mari dînant sur une couette.

Je me suis blottie dans la chaleur de ce corps, ma peau palpitant tout contre lui. D'ordinaire je supportais mal de dormir avec un homme, alors que lui m'apaisait, me ressourçait. J'ai replongé dans un sommeil béat.

L'odeur du café fumant me réveilla. J'ouvris les yeux et m'accoutumai à cet univers inconnu, réalisant progressivement que je vivais mon premier matin dans son atelier. Fabio posa le plateau et m'embrassa.

— Bonjour, mon cœur.

— Je lui souris dans un baiser, tendrement. Il était habillé, rasé de frais, il sentait bon.

— Tu es debout depuis longtemps ?

— Oh oui, je travaille depuis deux heures... J'ai besoin de toi. Veux-tu bien poser ?

J'ai répondu sans dissimuler ma surprise :

— C'est-à-dire ?...

Il s'est agenouillé, a pris mes mains pour me rassurer.

— J'ai mille idées... J'ai envie de te peindre, de te dessiner, de te sculpter pour que tu ne puisses plus jamais m'échapper, mon amour, que tu sois immortelle... Je vais te voler ton corps, ton visage, et peut-être ton âme.

J'ai fait une réponse narquoise à cette envolée lyrique.

— Si tu la trouves !

— Ton âme sera transparente dans ma peinture.

Sa conviction, sa demande m'inquiétaient. Il ne se conduisait pas de la façon dont Antoine et Sandra me l'avaient décrit. Je l'ai repoussé gentiment, pour me lever.

— Sois patient, accorde-moi la matinée ; ensuite je serai à toi, enfin comme modèle... ajoutai-je en riant pour obtenir son assentiment.

Je terminai ma tartine de bon cœur. J'ai pris une douche dans cette salle de bains trop petite où il n'y avait pas de baignoire. Je me serais pourtant volontiers prélassée dans un bain débordant de mousse pour alanguir mon corps rassasié. Je me suis maquillée avec soin, j'ai brossé mes cheveux emmêlés par cette longue nuit d'amour où il m'avait faite sienne. J'ai regardé mon corps. Je le voulais parfait et luttais de toute ma volonté contre les griffures du temps. Je n'avais plus le ventre aussi plat qu'à dix-huit ans, mes seins étaient plus lourds. Si je bombais le torse, cambrais les fesses devant la glace, il était acceptable, mais si je voulais plus il me fallait faire des efforts. Je pris sur-le-champ la décision de me remettre au sport pour mieux le préserver. Car je sentais qu'il me faudrait reconquérir Fabio chaque jour, rester conforme à cette image de moi qu'il allait immortaliser, si je voulais me l'attacher définitivement.

J'ai enfilé de longs bas noirs à coutures, j'ai mis mon plus beau porte-jarretelles de dentelle noire. Sur mes hauts talons je me suis dirigée vers lui d'une démarche balancée, hanches provocantes.

Il m'a fixée de son regard perçant. J'ai baissé les yeux, incapable de soutenir une telle intensité. J'ai collé mon nombril contre sa bouche. Il a posé son pinceau, effleuré ma peau, puis il a pris ma main, l'a posée sur son pantalon pour justifier ce qu'il allait me dire.

— Si tu t'adresses à l'homme, ta tenue est parfaitement efficace ; mais comme peintre je veux ton corps nu, aussi simple que la nature.

Je n'ai su que répondre. J'étais déçue de m'être ainsi méprise. J'ai lentement retiré mes bas en le regardant avec langueur.

J'aurais aimé qu'il se jette sur moi, dans la hâte d'assouvir son désir. Il resta de marbre, absorbé par son travail. Aussi nue qu'il me voulait, je devenais moins forte. Je me sentais supérieure face aux autres hommes, consciente de l'érotisme qui émanait de mon corps, alors que cette manifestation de sa froideur me faisait douter de sa passion pour moi. S'il se lassait dans quelques jours, j'aurais tout abandonné pour rien. Je lui demandai, concluant ces pensées :

— Est-ce que tu m'aimes ?

Il serait tombé de la lune qu'il ne m'aurais pas répondu avec plus de surprise et d'humeur :

— Béatrice, ce n'est pas le moment, on travaille.

J'en ai perdu le reste de mon aisance. Il était conscient de ma fragilité car il m'ordonna, comme à un simple mannequin :

— Va sur le lit et bouge le plus naturellement possible.

J'ai obéi, je me suis allongée sur le ventre, ai creusé le dos pour lui offrir ma toison. Sa voix prit une dureté de métal.

— Je t'ai dit naturellement... S'il te plaît, arrête de chercher à m'exciter, et pose !

J'étais vexée. J'avais appris mon métier toute seule et je connaissais par cœur toutes les positions qui me mettaient en valeur, celles dont l'influx érotique devenait torride. Je me mis à bouder et me recroquevillai dans le lit, la tête enfouie dans mon bras gauche pour dissimuler ma peine. A ma grande stupéfaction il s'adressa à moi tendrement.

— Voilà, c'est beaucoup mieux, décontracte-toi, évolue comme si tu étais seule.

Je ne suis pas rancunière. Je me suis laissé aller. Du moment qu'il était satisfait, rien d'autre ne m'importait. Il prenait des photos, les ponctuait de mots d'encouragement. Pourtant ce manque d'initiative me fatigua vite. J'entrai dans une sorte de torpeur, pareille à une poupée. Il ne s'en rendit pas compte, continuant à me photographier le plus égoïstement du monde, et mon engourdissement rendait les poses plus abandonnées, plus alanguies encore.

Les paupières me piquaient et je l'interrompis :

— On arrête, j'en ai assez.

Je me levai, j'allai me rhabiller. Il s'est approché de moi et m'a câlinée, pour m'amadouer, pour que je reprenne la pose. Je me suis détournée de lui, j'aurais préféré glisser entre les draps avec mon amant. J'étais frustrée par son insistance à ne vouloir être que peintre, ce matin. Je refusais qu'il se sente ainsi le maître, quelle que soit sa volonté. C'était notre premier rapport de force et j'en souffrais quand lui ne montrait qu'indifférence.

Il retourna à sa peinture sans tenir compte de l'incident. Il réagissait tout à fait différemment de mon mari. Il était exigeant au contraire d'être prévenant. J'attendis, immobile, quelques minutes, une réaction qui ne vint pas. Il s'absorbait dans son tableau, isolé dans son art. J'ai passé un manteau, pensant qu'il ferait un geste et je me suis dirigée vers la porte. Il m'a dit au revoir sans se détourner de son chevalet.

— A ce soir, promène-toi bien.

Je n'ai pas eu le cœur à lui répondre. Il était sûr de mon retour, puisque j'étais à lui. Je me trouvais pour la première fois confrontée au spécimen humain le plus égocentrique qui soit, l'artiste. J'avais eu un père merveilleux, un mari généreux. Je comprenais qu'il ne me fallait pas agir de la même manière avec Fabio qu'avec eux. Il m'aimait, d'une certaine manière, du moins il me désirait près de lui. C'était à moi de m'adapter à sa vie, à ses manies, à ses aspirations, puisque je le voulais. Lui aussi me voulait, mais exigeait ma soumission.

Le temps était frais, sentait l'orage lointain. J'ai marché d'un pas vif le long du canal de l'Ourcq. Cela me calma. Je reconnus en mon for intérieur que je venais de passer avec Fabio les heures les plus merveilleuses de ma vie. J'étais prête à en payer le prix.

14

Les jours s'écoulèrent comme dans un rêve. J'ai posé, il a peint, les nuits nous appartenaient. Nous sortions l'après-midi. Il me fit découvrir un Paris que j'ignorais. J'étais passée à côté de beautés monumentales sans les voir. Lui s'émouvait des perspectives, des architectures, de la profusion de sculptures qui ornent la capitale. Il m'emmena aussi dans les musées, devant les tableaux qu'il préférait, m'expliquant pourquoi, me faisant partager sa passion pour la peinture. Bref « je ressentais pour la première fois l'amour avec une extrême jeunesse » comme l'écrit un de mes auteurs préférés.

Parfois Fabio me laissait seule à l'atelier, je nettoyais, rangeais en l'attendant. Une nuit il rentra à une heure du matin sans m'avoir prévenue. Je ne dis rien. Quand nous nous retrouvâmes enlacés je réalisai de véritables prouesses sexuelles. Il arrivait maintenant à me faire jouir par ses mots seuls, avant même de me pénétrer. Ensuite, c'était moi, qui, grâce à ma science des positions, lui faisais vivre des merveilles.

Nous ne nous sommes plus disputés une seule fois. J'étais telle qu'il me désirait. Quand il me faisait poser, je me laissais aller, apprenant à être à l'aise, oubliant la présence de l'autre. Les photos qu'il faisait me renvoyaient une image de moi plus naturelle qui ne me déplaisait pas. Fabio m'aidait à m'aimer, je veux dire telle que je suis et non plus comme la femme-objet que j'avais fabriquée pour préserver ma pudeur. Grâce à son amour sans complaisance je devenais moi-même. Je tombais les masques et en étais heureuse. Je n'étais plus la jeune écervelée gâtée et capricieuse, mais une femme responsable, et lui me traitait comme telle.

Il lui arrivait aussi de me demander mon avis sur une de ses toiles et cela me comblait de joie, malgré ma difficulté à exprimer par les mots justes ce que je ressens devant une œuvre d'art.

Je vivais loin des autres, sans nouvelles de personne, sauf d'Antoine à qui j'avais passé un petit coup de fil du genre : « Tout va bien, bons baisers. » Il m'avait demandé de venir au magasin, mais je n'en avais pas encore trouvé le temps. J'étais trop envahie par la passion que je vivais.

Cependant je voulais aujourd'hui retourner à Saint-Cloud prendre quelques affaires personnelles. C'était un vendredi, jour où Marc Olivier restait généralement tard au bureau, très occupé à clore sa semaine. Je ne risquais donc pas de me retrouver nez à nez avec lui. J'avais eu, au début de ma liaison avec Fabio, la hantise de décrocher le téléphone, redoutant d'avoir à répondre à mon mari. Il n'avait pas appelé, me laissant à mes amours. Je savais bien qu'un jour ou l'autre il me faudrait le rencontrer, ne serait-ce que pour régler les détails de la séparation, mais lâchement j'évitais d'y penser.

J'ai garé ma voiture dans la rue et j'ai gagné à pied le portail. J'ai introduit la clé dans la serrure, qui résista. J'ai forcé, mais je fus obligée de constater qu'elle ne s'ouvrait pas. J'en suis restée bête, un moment interdite, avant de remarquer qu'un système électronique à télécommande avait été installé, projet que Marc Olivier avait en tête depuis longtemps. Pour entrer j'ai dû escalader le grillage, je m'y suis éraflé les genoux, et j'ai filé mes bas dans les branchages de la haie.

Le scénario s'est reproduit de l'autre côté de la grille. La serrure de la villa avait été remplacée. J'étais désemparée avec mon trousseau pendant, inutile, au bout de mes doigts. J'ai failli casser une vitre, mais il vaut mieux ne pas provoquer d'effraction quand on a affaire à un maître du barreau de la stature de Marc Olivier. Machinalement j'ai rangé le trousseau alors que j'aurais aussi bien pu le jeter.

Il me restait la solution d'aller l'affronter : après tout j'étais encore chez moi et sa conduite de mari trahi m'énervait. J'ai rebroussé chemin, répété la pénible escalade et suis entrée dans un café. J'ai commandé un gin-tonic pour retrouver du courage. Au fond mon mari se conduisait ainsi parce qu'il s'était senti floué ; si j'allais m'excuser, il me rendrait vêtements, objets personnels, fourrures et bijoux, avec cette générosité dont il avait toujours fait preuve pour moi.

Ma main tremblait en composant son numéro de téléphone depuis la cabine du bar. Il était quatre heures et j'avais de fortes chances de le trouver. J'eus aussitôt en ligne la voix aiguë de Sylvie, vigilante et fidèle. J'ai pris le ton le plus assuré possible.

— Bonjour, Sylvie... Passez-moi mon mari.

— De la part de qui ?

La question impersonnelle, impertinente, m'agaça prodigieusement.

— Il n'a qu'une femme que je sache !

Elle ne répondit qu'après un silence voulu de quelques secondes.

— Oh, je suis vraiment désolée, madame... Il est

là mais j'ai des consignes très strictes, il ne désire plus vous parler.

L'accent triomphal dont elle ponctua sa phrase me mit hors de moi. J'ai raccroché immédiatement et je suis partie à vive allure vers le bureau. Il était temps d'avoir cette discussion. J'étais déboussolée, certes, mais je n'acceptais pas que cette fille puisse ainsi croire qu'elle me conduirait par le bout du nez. J'étais sûre qu'en face de lui j'obtiendrais ce que je désirais.

J'ai sonné et elle m'a ouvert, souriante, s'attendant visiblement à ma venue. Je l'ai ignorée, contournée, me dirigeant directement vers le cabinet. Elle n'a pas opposé de résistance et j'ai compris pourquoi : la pièce était vide. Ironique, elle me dit :

— Croyez bien que je lui ai fait part de votre coup de fil mais il avait un rendez-vous impératif et il a dû s'absenter aussitôt.

J'ai demandé :

— Et que vous a-t-il dit ?

— Je dois vous informer que vos objets personnels ne sont plus à Saint-Cloud. Il attend la lettre de votre avocat afin d'entamer la procédure de divorce.

Je me suis assise, jambes coupées. Elle a poursuivi :

— Votre mari souffre profondément. Si vous le vouliez, vous pourriez vivre de nouveau ensemble. Il ne tient qu'à vous.

Je la regardai, incrédule, mais elle semblait sincère et je l'ai questionnée.

— Pourquoi me dites-vous ça ?

— Parce que je l'aime beaucoup et que je le préférerais heureux avec vous plutôt que malheureux avec moi.

Sa grandeur d'âme m'étonnait et je saisissais

pourquoi Marc Olivier l'appréciait tant. J'ai eu envie de savoir s'il y avait quelque chose entre eux : sa phrase pouvait être interprétée de différentes façons. Elle me répondit là encore avec simplicité.

— Je l'ai consolé de votre départ bien que je ne pense pas qu'il ait envie d'une autre femme pour le moment. Il vous aime trop... Je ne suis pas comme ça...

Elle avait hésité sur certains mots et son regard était un peu fuyant, je ne la croyais pas tout à fait. En tout cas elle plaidait bien en faveur de son patron car elle me donnait presque envie de retourner dans ses bras.

Je regrettai ma franchise. J'aurais dû promettre à Marc Olivier de ne pas revoir Fabio. Il s'en serait accommodé. Après tout combien de femmes ont un mari et un amant ? Je savais désormais que l'on pouvait aimer deux hommes en même temps, quand l'un ne vous apporte pas tout ce dont vous avez besoin.

— Vous me donnez votre nouvelle adresse ?

Sylvie, professionnelle, me rappelait à la réalité. Je lui ai laissé les coordonnées de Fabio et l'ai chargée d'amadouer Marc Olivier afin qu'il me rende au moins mes objets personnels. Elle me promit d'intervenir en ma faveur. Elle ne me jugeait pas et elle n'insista pas plus pour me convaincre de retourner auprès de lui. Son attitude me réconcilia presque avec elle.

Je suis partie du bureau avec regret, plus attristée encore qu'à mon départ de la villa. J'avais un mauvais pressentiment, celui de ne plus revenir avenue de Wagram que pour des discussions de conciliation, au mieux.

J'ai traîné dans le quartier, fait les boutiques, acheté quelques babioles, par dépit. Il ne me restait que trois chèques et j'ai soudain eu peur. L'argent ne m'avait jamais posé aucun problème, mon mari approvisionnait régulièrement mon compte en banque. Je n'avais rien à lui demander, il vérifiait la position et faisait un virement. Je savais par contre que mon amant gagnait sa vie de manière plutôt irrégulière et je n'aurais de toute façon pas supporté de lui réclamer quoi que ce soit. Il ne me restait qu'une solution, travailler, accepter la proposition d'Antoine.

Je suis enfin retournée dans cet atelier où je n'arrivais pas à me sentir chez moi. Une immense surprise m'y attendait. Un de mes sacs de voyage de chez Vuitton était déposé sur le pas de la porte. Ainsi Marc Olivier avait eu un geste ! Il l'avait probablement fait apporter par un coursier. J'en avais les joues empourprées de plaisir. Je me suis précipitée, impatiente, curieuse de découvrir ce qu'il m'avait envoyé, avant le retour de Fabio.

Le ciel me tomba sur la tête dès que j'eus déballé bodys, guêpières, balconnets, culottes, porte-jarretelles, bas affriolants, tout mon attirail de pute, froissé, chiffonné, entassé. Le pire était au fond : un sac poubelle déchiré, que je reconnus à la seconde, celui où j'avais cru cacher les déchets de ma vie passée, transformée en ridicules confettis. Ils signifiaient que ce soir le passé venait d'être enterré.

Je me suis effondrée en larmes, hoquetant, coudes sur la table. La coupe était pleine. La vengeance féroce de Marc Olivier l'avait fait déborder. A moins que cette vipère de Sylvie... Qu'importe ! J'étais là, seule et larmoyante, et plus rien ni personne à qui me raccrocher, une épave !

Car Fabio ne rentrait pas. Il était près de neuf heures et il ne donnait pas signe de vie. Je l'attendais pourtant comme le messie, et il devait le sentir, lui si perspicace et intuitif. Je l'espérais chaque seconde.

Pour mon bel amour j'ai réagi, baignant mes yeux, décongestionnant mes paupières, dégonflant mon visage à l'aide de lotions, d'onguents et de crèmes posément appliqués.

Une fois ma beauté retrouvée, j'ai préparé un repas aux chandelles, un vrai dîner d'amoureux, sur une nappe blanche avec un candélabre d'argent, posant une touche de couleurs avec une coupe de fruits.

Puis je l'ai attendu, tellement confiante et assurée d'oublier mes déconvenues dans ses bras, de retrouver la paix de l'esprit dans un corps à corps enfiévré.

Les programmes télé étaient particulièrement stupides. J'ai éteint le poste pour me plonger dans les livres de Patrick. Peine perdue ! En dépit de l'intérêt grandissant que je trouvais à ces lectures, je ne pouvais pas m'empêcher de fixer les aiguilles du réveil.

Je n'en pouvais plus. Je n'ai pas tenu longtemps après dix heures. J'ai débarrassé la table, éteint les chandelles. J'ai grignoté une tranche de jambon par désœuvrement plus que par faim. Puis j'ai rallumé l'écran, les émissions s'améliorant dans la soirée. Je ne suis pas davantage parvenue à suivre « Caractères ». Peu avant minuit l'angoisse m'étreignit si fort que j'ai téléphoné à Antoine. Il me rassura quelque peu en m'affirmant que Fabio sortait souvent à l'improviste, se fiant au hasard. Une fois le téléphone raccroché, je m'inquiétai plus encore : et s'il était en train de me tromper avec une autre ? Les paroles dc Sandra sonnaient à mes oreilles. Il se conduisait de façon si cavalière avec moi que je pouvais tout redouter.

A une heure du matin je me suis couchée, furieuse contre lui. Je ne pouvais pas dormir. J'ai pris un roman policier et je suis bien tombée : il m'a captivée un bon moment.

Vers trois heures, j'entendis du bruit. Immédiatement j'ai éteint la lumière et j'ai fait semblant de dormir. La clé grinça dans la serrure, il rentrait enfin.

Il est venu m'embrasser sans la moindre précaution. J'ai répliqué par un grognement. Il a murmuré :

— Excuse-moi... je te réveille.

Et il est allé se doucher, tranquille. J'ai laissé couler les larmes sur mes joues sans chercher à les refouler. Je n'ai plus bougé. Quand son corps s'est collé au mien, j'ai eu envie de lui, de me blottir dans ses bras puissants. Pourtant j'ai pu me retenir, demeurer immobile, silencieuse, dominer ma respiration.

Me voyant si calme il s'est endormi vite. J'écoutais son souffle, je respirais son odeur, essayant d'identifier un parfum suspect. Je n'ai recueilli aucun indice. Je lui ai tourné le dos et me suis enfouie à l'autre bout du lit pour me garder du moindre contact avec cet être ignoble. Je crois que pour la première fois je l'ai réellement détesté : pour me faire plus mal encore je l'imaginais entre les bras d'autres femmes, Sandra, Corinne, des inconnues. Je prenais un plaisir pervers à me le représenter dans nos positions favorites avec elles. Alors, épuisée, je me suis endormie, échappant enfin à cette torture.

15

L'odeur du café chaud m'a fait ouvrir les yeux. L'atelier était vide, je suis entrée dans la kitchenette. Fabio n'y était pas, la salle de bains était également vide. L'oiseau s'était déjà envolé. Je ne savais vraiment plus que penser quand il arriva tout à coup, un paquet de croissants à la main. J'étais heureuse de le retrouver, et lui aussi, selon toute apparence.

— Bonjour, mon cœur, recouche-toi, je t'apporte un petit déjeuner de princesse.

Je me suis remise au lit avec volupté. Quand il me cajolait ainsi je lui pardonnais tout. Il surveillait mes réactions ; dès que mon corps manifesta des signes d'abandon, il en profita pour s'introduire en moi. J'eus un peu mal, peut-être simplement parce qu'il n'avait pas été assez prévenant, trop sûr de son ascendant sur moi. Je me suis raidie contre sa poussée. Il l'a senti, s'est retiré aussitôt.

— Tu me fais la gueule ?

J'ai haussé les épaules et j'ai enfoui la tête dans un oreiller. Je refusais tout affrontement. Il n'insista pas, prépara le plateau de café et me l'apporta. Il se montrait tendre, mais prenait soin d'éviter tout contact charnel. Il me parla de tout et de rien, me regardant manger, et nous oubliâmes l'incident.

En fin de matinée, il vint me demander le plus naturellement du monde de poser pour lui, et je refusai. Ces séances ne m'amusaient plus. Je m'ennuyais ferme et avais de surcroît l'impression qu'elles détérioraient nos rapports amoureux. Me montrer nue devant lui, prendre des poses « pour artistes », me rendait plus incertaine de mon pouvoir de séduction, et lui, découvrant mon corps de cette façon, s'en détachait un peu. De plus en plus je devenais sa chose et l'homme désire moins ce qu'il possède trop facilement. Il faut garder une part de mystère et c'était cette part de moi que son art m'arrachait.

Il encaissa mal mon refus de ce qu'il considérait comme un dû, aveuglé par son complexe d'artiste incompris. Il me traita de bourgeoise, allant jusqu'à me conseiller de retourner auprès de mon époux. Moi aussi je fus dure et pour la première fois je lui ai dit ce que je pensais de lui. Nous nous sommes déchirés. La tension augmentait, j'ai craqué. Quand il a vu mon visage en larmes (était-ce de colère ou de chagrin ?), il s'est jeté à mes genoux, frottant sa tête sur mon ventre, il m'a suppliée de le pardonner.

— Je t'aime, je t'aime !

J'ai cédé, à nouveau, et il m'a fait l'amour pour de vrai, il m'a « montée à fond » et j'ai hurlé de plaisir.

L'orage avait éclaté et il avait fait des dégâts. Quelque chose était à jamais cassé. Une parcelle de bonheur venait de fuir entre mes doigts. L'orgasme n'y changeait rien.

Lui nous croyait réconciliés. Les hommes pensent

qu'il suffit de nous faire jouir pour que tout leur soit pardonné. Malheureusement pour eux, nous réagissons tout différemment. Je lui en voulais au contraire plus encore d'ainsi arborer sa satisfaction : cela faisait naître en moi des envies de vengeance.

Soudain j'ai décidé de poser pour une vraie séance, comme avant, de redevenir l'objet sexuel d'antan, d'exciter un mec, de lire dans ses yeux la flamme du désir. Je n'ai pas eu à réfléchir longtemps pour appeler Bernard, en faisant les courses au supermarché. Je l'ai choisi, lui, sans doute parce qu'il était mon plus ancien client ; il y avait presque entre nous une relation d'amitié. Sans hésiter il m'a donné rendez-vous dans le studio que je connaissais si bien, avec son canapé de velours noir.

Je me suis préparée comme au bon vieux temps. J'ai lavé mes cheveux dorés et les ai bouclés un peu plus que d'habitude. J'ai parfumé tous les recoins de mon corps pour l'envelopper d'un arôme capiteux. Je me suis habillée comme pour une réception. J'étais résolue à obtenir le César de l'exhibitionnisme.

Fabio était concentré sur son papier et son fusain. Semblable à tout macho qui se respecte, il ne pouvait imaginer sa « chose » voler vers un autre mâle. Il m'a embrassée sans quitter des yeux son dessin.

— A ce soir, mon cœur, m'a-t-il dit d'un ton lointain, sans me demander quoi que ce soit.

Je m'étais si souvent plainte du nombre impressionnant de questions que me posait mon mari et de sa curiosité excessive, que j'aurais eu mauvaise grâce à me plaindre du contraire, à présent que mon amant ne prêtait qu'une vague attention à mes sorties...

A l'air libre je me sentis mieux, reprenant confiance en moi. Les regards des hommes se détournaient sur mon passage : j'existais !

J'étais émue en sonnant à la porte. Bernard me serra fort dans ses bras, fou de joie.

— J'ai apporté du champagne frais, comme d'habitude.

J'éclatai de rire. Je retrouvais mon insouciance. Nous bûmes presque toute la bouteille en bavardant. Il me raconta ses derniers rendez-vous avec mes « collègues », comme il aimait à les appeler. Il exagérait sans doute la louange mais cela me faisait plaisir d'entendre que j'étais incomparable, insurpassable. Je lui révélai brièvement les quelques événements survenus dans ma vie. Son œil s'alluma quand il apprit que j'avais quitté mon mari. Il me sentait plus disponible. Il faut avouer que je ne lui brossais pas un portrait idyllique de mon amant. Je prenais même un certain plaisir à le noircir, au point qu'il s'inquiéta :

— Mais alors, pourquoi es-tu avec lui ?

Pourquoi, en effet ? Je le regardai, stupide, ajoutant :

— C'est drôle, j'ai agi comme une gamine... Allez, on commence.

J'avais envie de me défouler. J'ai enlevé ma robe d'un seul coup, j'ai commencé à onduler sur la musique. Il m'observait, amusé par mes transformations et ma liberté... disons, d'inspiration !

— Tu as beaucoup changé, Béatrice.

— Et comment trouves-tu la nouvelle ?

— Elle me plaît, elle est encore plus sexy, et moins sur ses gardes.

Il commença à prendre quelques photos. Je soignais mes positions en regardant l'appareil langoureusement. Il s'approchait de moi. J'ai ôté mon soutien-gorge, puis caressé mes seins avec l'application onctueuse d'une lesbienne.

— Allonge-toi sur la moquette, m'a-t-il demandé.

Sur le dos, j'ai écarté mes cuisses. Il continuait à appuyer sur l'appareil; plus je me faisais impudique, plus j'étais excitée. Je tenais maintenant mes chevilles dans mes mains, fesses rondes et tendues.

Il était si près de mon ventre que je sentais son souffle chaud. Le déclic de l'appareil se fit plus rare. Je gardais les yeux fermés et son désir m'envahissait. Il a posé doucement sa main sur ma cuisse, remontant vers ma toison blonde et humide. Je n'ai pas réagi, il y a posé sa bouche. Je suis demeurée passive et j'ai accepté ce plaisir. Il me léchait, lentement, pli à pli, du bouton au trou, et mon ventre rapidement éclata. Il goba la liqueur de ma fontaine de jouissance. Puis, toujours sans un mot, il monta sur moi et me prit sans ménagement. Son sexe me parut un peu mou, et peu ragoûtant le contact de son torse transpirant sur ma poitrine nue. Il cherchait mes lèvres, je détournai la tête, lui présentant mon cou. Il bavait, haletait dans mes oreilles. J'avais maintenant envie de me débarrasser de cet amant imprévu. Égoïstement, je ne voulais pas qu'il prenne le plaisir qu'il m'avait offert. Je n'ai rien dit, je n'ai rien fait, j'ai subi cette étreinte. Il ne se rendit pas compte de ma passivité, tant excité à l'idée qu'il me baisait enfin qu'il se libéra rapidement, s'écroula sur moi.

— C'était bon, c'était bon, soupirait-il.

Je l'ai repoussé et me suis éclipsée dans la salle de bains. J'étais écœurée, salie mais ne pouvais m'en prendre qu'à moi-même. Je choisis néanmoins de faire face à la situation et réapparus, souriante.

Nous avons discuté un moment. Il ne gardait plus ses distances. Il me touchait, me parlait différemment. En me livrant aussi facilement j'avais perdu son respect. Il voulait prendre un autre rendez-vous pour une nouvelle « séance particulière », je lui ai promis de le rappeler, alors que je venais de décider de ne plus jamais le revoir. J'espérais pouvoir ainsi oublier plus facilement cet épisode dégradant.

Au moment de partir, il me glissa le double de la somme convenue. J'ai accepté, en le remerciant, mais je me suis sentie encore plus avilie. Il me traitait en prostituée.

Je repensais à Sandra, à tous ces hommes qui l'avaient souillée pour quelques billets si vite dépensés. J'essayais de comprendre le mécanisme qui lui permettait de n'en pas être trop atteinte. Je concevais mieux son mépris des hommes et son immense besoin de tendresse. Faire l'amour avec l'autre est un acte merveilleux, la communication suprême entre deux êtres. Ce qui venait de se passer était un exercice physique, guère mieux qu'une masturbation dans une poupée gonflable, un acte vide de sens.

Comme toujours après un choc émotionnel, j'eus besoin de rendre visite au très cher Antoine. Son magasin ne désemplissait pas, ce jour-là. Il me mit à contribution. Ça me plaisait et je l'ai assisté jusqu'à la fermeture. Nous sommes ensuite restés ensemble une bonne heure. L'un et l'autre avons évité de parler de Fabio mais il devina que je n'étais plus heureuse. Il me proposa à nouveau de travailler pour lui et j'acceptai ses conditions, je n'avais plus guère le choix. Mon escapade de l'après-midi m'avait prouvé que j'étais incapable de gagner ma vie en usant de mes charmes. Au moment où j'allais partir, il m'a embrassée et m'a chuchoté :

— Je t'aime, à bientôt.

Je l'ai regardé sévèrement.

— Pourquoi diable dis-tu cela ?

— Parce que c'est vrai. Il faut que tu le saches. Je suis là pour toi, pour t'aider à affronter ta nouvelle vie ; mais, rassure-toi, je ne te demande rien. Je ne veux surtout pas qu'il se passe quelque chose entre nous. Je tiens trop à notre amitié.

— Merci... Merci, ai-je répondu, au comble de l'émotion.

Je me suis sauvée. Il m'avait devinée. C'est vrai que cet amour ne pourrait jamais être réciproque. Mais qu'il était doux d'avoir un ami fidèle !

Le soir, en retrouvant Fabio, j'étais plus calme ; nous refîmes l'amour, et mon plaisir, vrai, sincère, effaça l'autre.

La vie s'écoulait à nouveau normalement. Les choses avaient changé mais c'était mieux ainsi. Je n'avais toujours pas de nouvelles de mon mari, je préférais le laisser tranquille. Il tentait de m'oublier et il aurait été cruel de ma part de le relancer. J'avais abandonné tout espoir de récupérer des objets auxquels je tenais. Ils appartenaient à une existence antérieure. Je n'étais plus cette poupée-là. J'avais découvert les joies de la femme active.

Antoine me faisait confiance, j'apprenais un métier qui me captivait de plus en plus. Je découvrais également la peinture et Fabio m'encourageait. Il était satisfait de me voir travailler. Mon patron mc payait largement et il me laissait toute liberté sur les horaires. Je pouvais souvent traîner au lit le matin. J'étais consciente des privilèges qu'il m'accordait et je faisais de mon mieux pour ne pas trop en profiter. Si Fabio peignait, je rangeais les dossiers du magasin pendant le week-end. Jamais Antoine ne refit allusion à son amour pour moi mais son attitude le trahissait. Fabio d'ailleurs avait deviné. Il m'en parla, un jour, et je niai énergiquement. Le débat fut clos d'un péremptoire :

— Je m'en fous, de toute façon je sais qu'il ne te plaît pas, alors...

Sa confiance aveugle en lui m'énerva. Il ne pouvait imaginer que je l'avais trompé, exprès, pour voir. Les cris de plaisir qu'il m'arrachait le rendaient imbu de lui-même au plus haut point.

Son exposition lui avait amené des commandes et il peignait beaucoup. Il s'était mis au mieux avec Corinne, nous dînions souvent ensemble. Je ne l'appréciais guère mais j'avais appris à composer au contact de la clientèle d'antiquités. Je voyais clair dans son manège qui ne m'inspirait que méfiance. Si Fabio en avait envie, elle céderait à ses avances, je le savais. J'évitais de poser des questions. J'avais trop peur de souffrir, je l'aimais viscéralement et l'idée de le savoir dans les bras d'une autre m'était intolérable.

Je voyais, bien entendu, Patrick, lui aussi m'aidait à évoluer. Il avait organisé un déjeuner avec Sandra et nous nous étions revues avec attendrissement. Pourtant, notre entente ne fonctionnait plus. Elle avait pardonné, moi aussi. Elle était maintenant amoureuse d'un jeune acteur en vogue et ne jurait que par lui. Elle continuait les photos mais pouvait-elle faire autre chose ? Nous n'étions plus sur la même longueur d'onde et nos rencontres s'espacèrent naturellement.

La seule ombre au tableau restait ces disputes subites, idiotes. Après une réplique acerbe, je regrettais parfois Marc Olivier, sa tendresse, ses attentions, ses cadeaux — mais dès le lendemain ma nostalgie s'évanouissait.

Un coup de folie, un coup de raison... Est-ce que toujours ma vie oscillerait entre les folles chevauchées de la passion et la sécurité raisonnable du foyer ? Est-ce que je continuerais à vouloir chaque chose et son contraire ?

16

Antoine m'initiait au métier avec sérieux. Quand je l'accompagnais à une vente aux enchères, c'était une fête pour moi. J'adorais l'ambiance de la salle à l'hôtel Drouot, elle m'enivrait, elle m'exaltait. Lui, au contraire, m'apprenait à rester calme, à monter les enchères en fonction de mes besoins, à la hauteur de mes moyens, à renoncer s'il le fallait, et surtout à me méfier de mes emballements. Peu à peu il m'avait présentée à d'autres opérateurs, aussi bons vendeurs qu'acheteurs. J'évoluais avec aisance dans ce milieu parce que je ne les prenais pas au pied de la lettre. Eux me considéraient en professionnelle; j'étais l'assistante d'un des leurs, et non plus l'épouse d'un homme respectable. Antoine semblait fort apprécié par ce petit monde des salles de ventes, on n'hésitait pas à lui demander son avis, et j'en profitais. Notre complicité fonctionnait à merveille. Il nous suffisait d'un regard pour nous comprendre. Grâce à un numéro très au point, nous réussissions à faire monter les prix des objets qu'il vendait. Après la vente, nous restions avec les uns et les autres à commenter les résultats, à ébaucher des transactions, voire à procéder à des échanges. Si bien que je ne rentrais jamais à l'atelier avant le soir, sans doute parce que je ne m'y sentais pas chez moi.

J'avais essayé d'en faire un endroit plus accueillant, vainement, Fabio y mettant de la mauvaise volonté. Il faut avouer qu'il avait besoin de toute la place disponible pour peindre. J'aurais voulu déménager, nous installer dans un petit nid d'amour en dehors de Paris. Je n'aimais pas ce quartier trop bruyant où il était impossible de se garer, de flâner. Il ne voulait rien savoir. Il redoutait de trouver moins d'inspiration ailleurs s'il changeait ses habitudes. Je crois surtout qu'il était trop égoïste pour accepter une décision importante ne venant pas de lui. Il m'arrivait parfois de penser que je préférais la compagnie d'Antoine à celle de mon amant. L'univers des objets est une source de découvertes inépuisables. Nous trouvions toujours quelque chose à nous dire, alors que Fabio pouvait rester des heures silencieux, muré dans son art. Je me sentais exclue de son monde intérieur et cela m'angoissait.

Un soir de lassitude, un peu fatiguée, j'ai abandonné mon patron et le magasin plus tôt, pour rentrer me reposer. J'ai poussé la porte de l'atelier en pensant au bon bain chaud qui allait me détendre, et je suis restée sur place, figée. Une silhouette féminine s'enfuyait, nue, vers la salle de bains que je convoitais. Fabio enfilait précipitamment son jean. Je me suis approchée de lui, stupéfaite. Je n'arrivais pas à croire l'évidence, que je vivais ce que j'avais vu. La colère m'envahissait et je lui ai demandé d'une voix altérée :

— Qui est-ce ?

Il ne se démonta pas pour autant et me répondit sur le ton de la banalité :

— Un nouveau modèle, tu ne la connais pas.

Son assurance me fit encore plus mal. Il ne prenait même pas la peine de s'excuser, ni de m'épargner.

J'ai ouvert la porte de la salle de bains. La fille avait eu le temps de se rhabiller. C'était une métisse assez grande ; sous ses vêtements moulants, je devinais un corps ferme et généreux. Son visage n'avait rien de terrible, des traits un peu épais, des cheveux trop courts. Elle enfila un blouson, dissimulant mal une poitrine opulente. Le peintre savait choisir les corps expressifs que l'homme se tapait !

Je lui ai tendu le sac qu'elle avait oublié sur la table et d'un geste je l'ai mise à la porte. Elle a fait un signe d'adieu à Fabio qui lui a répondu en souriant. Je bouillais intérieurement. Elle dandinait des fesses en sortant et je l'ai trouvée horriblement vulgaire dans sa démarche d'allumeuse. Fabio vint vers moi, me prit dans ses bras. Je résistais, tendue, il me caressa la nuque doucement. Je me suis sentie faible, si faible, je me détestais : je m'apprêtais à lui faire une scène bien sentie et il suffisait qu'il me touche pour que je lui pardonne. Je m'en suis voulu encore plus à cet instant que le jour où il m'avait violée.

Il me serrait dans ses bras et je me lovais contre sa poitrine. J'aurais voulu entrer en lui, rester définitivement collée à cet être adoré afin qu'aucune autre ne puisse même l'approcher. J'ai levé mes lèvres vers son visage. J'ai quémandé sa bouche, je l'ai supplié :

— Baise-moi...

Il a obéi tout de suite et il m'a fait l'amour avec toute la violence dont il était capable et que je réclamais. J'ai joui, mais des images parasites brouillaient mon plaisir. Les larmes coulaient sur mon visage. Il me lécha les joues, il m'affirma son amour. Je le croyais tout en sachant qu'il me faudrait toujours le partager. Je suis sortie de cette étreinte le cœur et le corps déchirés.

Ensuite il me proposa d'aller au restaurant, la chose était si rare qu'il devait diablement se sentir coupable. Résignée, j'acceptai. Il était tendre, trop tendre, je ne le reconnaissais plus.

Il m'a emmenée dans un petit bistrot de la rive gauche et comme d'habitude, il choisit la meilleure place. Je me retrouvai dos à la porte. Je n'arrivais pas à me faire à ce genre de chose et ce soir-là je le supportais encore moins. Il ne se gênait pas pour dévisager les femmes qui entraient, accompagnées ou non. Je croisai le regard de ma voisine, bien installée sur la banquette, à sa vraie place, et j'eus honte d'être ainsi humiliée. Aussi quand il se resservit du vin en laissant mon verre vide, je ne pus m'empêcher de lancer :

— Et moi, je peux crever ?

Il me regarda, surpris par la violence de mon langage, décidé à éviter une scène à tout prix. Il me versa à boire en s'excusant. Il entreprit de dérider l'atmosphère en me questionnant sur ma journée ; ses efforts étaient maladroits et ma mauvaise humeur s'accentuait au lieu de s'estomper. La serveuse nous apporta le café et Fabio réclama la note en plaisantant avec elle. Je lui en fis le reproche.

— Si je ne peux plus parler à une autre femme ! se rebiffa-t-il.

Cette fois il dépassait la mesure, la coupe était pleine...

— Parce que tu causais avec ton modèle tout à l'heure ? Quand tu fais l'amour à Corinne, à Maggie, tu causes ? ou tu baises ?

Il me regardait, médusé. Sans le vouloir j'avais deviné ce que je voulais ignorer. J'ai insisté, je prenais un plaisir malsain à me faire mal.

— Ça t'excite qu'un minable comme toi puisse se faire une femme du monde ?

— C'est Antoine qui te l'a dit ?

C'était un comble ! Il ne cherchait pas à se disculper mais à savoir qui avait vendu la mèche. Je lui en voulus d'accuser notre ami. J'explosai :

— Non et non ! Antoine continue à te défendre et je me demande bien pourquoi ! Non, je le sais parce que tu couches avec tout ce qui bouge, tu es pourri et je suis trop bête de rester avec toi !

J'avais presque crié les derniers mots. Je me suis levée, décidée à partir. Il m'a attrapé le bras, m'a serrée si fort que, de mon autre main, je l'ai griffé. En riposte il m'a giflée devant tout le monde. Son geste était instinctif mais la douleur ne fut rien par rapport à l'offense publique. Je tremblais. Il a essayé de me prendre calmement par les épaules. J'ai hurlé :

— Ne me touche plus ! ordure !

La salle entière avait les yeux braqués sur nous. J'ai demandé mon vestiaire le plus dignement possible. Je suis sortie, la tête basse, décoiffée. Il a jeté quelques billets à la caisse et m'a rejointe aussitôt. Je marchais rapidement. Il s'est mis devant moi.

— Allez, viens, je te ramène.

Les yeux embués de larmes, je lui ai avoué :

— Non, Fabio, c'est fini...

Ma voix s'était cassée en prononçant les mots fatidiques. Il m'a forcée à m'arrêter et m'a juré qu'il ne recommencerait plus jamais. Je n'avais même pas envie d'ironiser en lui demandant s'il faisait allusion à la gifle ou à ses tromperies ! Je me sentais enfin assez forte pour le quitter. Il fallait que je m'en aille ce soir sinon je me dégoûterais à jamais et je n'en aurais plus jamais le courage. Je lui ai répété d'une voix plus ferme :

— C'est fini, Fabio, c'est fini, je ne t'aime plus.

Il ne me croyait pas, il tentait de m'embrasser, de

m'attendrir, de me séduire à nouveau. Je restai de marbre.

— Rentre, tu ne vas pas dormir dehors, dit-il encore, à bout d'arguments.

Juste à ce moment-là, un taxi passa. Je lui ai fait signe, il s'est arrêté. Fabio chercha une dernière fois à me faire changer d'avis. Il me criait son amour, il me suppliait en pleine rue, il m'avouait des choses que j'aurais aimé entendre auparavant dans l'intimité.

J'ai dit au chauffeur de me délivrer de cet excité et il a démarré. Je ne me suis pas retournée. J'avais le cœur chaviré, envahi par une sensation de gâchis extrême. Au moment où il me perdait, il m'avouait enfin son véritable amour.

Pourquoi les êtres ne s'aiment-ils jamais au même moment ?

J'aurais voulu pouvoir lui pardonner, effacer cette journée de ma vie, mais tous les détails m'en revenaient à la mémoire et je n'y pouvais rien. J'étais encore amoureuse de lui. J'avais envie de lui. Voici quelques heures à peine il m'avait fait vibrer comme aucun homme n'avait su le faire. Mais il m'avait aussi changée. J'avais compris que les relations physiques ne suffisent pas à sceller un couple. Pour le prix de quelques minutes de bonheur par jour, je ne voulais plus subir une humiliation continuelle. J'avais cru que les attentions, la tendresse ne m'étaient pas nécessaires, je m'étais voulue indépendante, mais je me rendais compte aujourd'hui que j'avais besoin d'affection, de chaleur, tout ce que Marc Olivier m'avait donné si largement, chaque chose et son contraire...

« Je ne pourrais pas vivre sans toi... » Cette phrase clamée par Fabio, en plein trottoir, si souvent répétée par mon mari, résonnait dans ma tête. Ils étaient sincères chacun à leur manière, pourtant il faudrait bien qu'ils s'en arrangent.

Et moi, se demandaient-ils si je pouvais vivre sans la générosité réconfortante de l'un et la passion extravagante de l'autre ? Pourrais-je retrouver la quiétude d'antan ?

— Ma petite dame, je continue toujours tout droit ?

Le chauffeur de taxi interrompait mes pensées au bon moment.

Je lui ai souri et tout naturellement, à près de minuit, j'ai donné l'adresse d'Antoine. Il ne m'avait encore jamais invitée à venir chez lui et j'en ignorais la raison. Son appartement se trouvait dans le dix-septième arrondissement, près de la place Pereire. C'était un immeuble du début du siècle avec beaucoup de caractère. J'ai appuyé sur l'interphone, quelque peu inquiète. Allait-il apprécier ma visite nocturne ?

En dépit de l'heure, Antoine répondit d'une voix claire. Il n'eut pas l'air surpris quand je me suis annoncée. Il m'a indiqué l'étage. Il m'attendait sur le palier devant l'ascenseur, un luxueux peignoir en soie passé sur son pantalon. Il restait élégant même chez lui. Il m'a installée dans son salon et m'a proposé à boire. Mon agitation n'était pas retombée. Mon regard a cependant fait un tour circulaire du petit temple art déco qu'il avait amoureusement créé. La pièce était haute de plafond et la chambre, ou du moins le lit, se trouvait en mezzanine. Meubles et objets décoraient l'espace où il avait su éviter l'étalage, péché mignon de nombre de ses confrères.

Antoine revint avec le verre de jus d'orange que je lui avais demandé et s'assit dans le fauteuil en face de moi. Il me demanda simplement :

— Tu veux dormir ici ?

J'acquiesçai. Je lui étais reconnaissante de son accueil. Il évitait de me poser des questions, je lui ai dit sans oser le regarder :

— Je viens de le quitter.

— Je sais, il m'a appelé. Écoute, tu peux réfléchir. Tu verras bien demain, pour l'instant tu as besoin de te reposer.

Ma curiosité piquée au vif, j'ai voulu en savoir plus sur leur conversation. Il la résuma sans se faire prier. Fabio n'avait pas déformé la vérité. Il s'en voulait terriblement de m'avoir frappée, ce dont Antoine se déclarait profondément scandalisé. Je l'imaginais mal, en effet, lever la main sur une femme.

Je lui ai posé une seule question, celle qui me brûlait les lèvres depuis des heures.

— Avoue-moi franchement, de toute façon cela n'a plus grande importance : depuis quand me trompe-t-il ?

— Je l'ignore autant que toi. (J'étais sûre qu'il ne mentait pas.) C'est plus fort que lui. Tu sais, il a été abandonné par sa mère à l'âge de cinq ans, son père s'est très peu occupé de lui, il préférait la compagnie d'autres femmes. Il n'a pas eu une enfance heureuse, bien sûr ce n'est pas une excuse, mais avec sa nature d'artiste il a sûrement plus souffert qu'un autre de cette solitude et de ce rejet.

« Depuis que je le connais, je l'ai toujours vu séduire les femmes pour ensuite les délaisser, comme s'il se vengeait. Au début, j'ai cru que tu pouvais le changer, car il t'a aimée véritablement. Ton malheur a été de ne pas vouloir te défendre : tu es tombée dans ses filets. Moins tu résistais, plus il te méprisait. Je crois qu'il aurait fallu qu'à partir d'un certain moment tu ne cèdes plus à ses caprices. Il a besoin de rapports de force. Il agit de même avec moi, bien que je l'adore. Je suis obligé par moments de le rappeler à l'ordre, sinon il en profite. Il me piétinerait si je ne le bloquais pas... La seule qu'il respecte un peu, c'est Corinne.

Cette dernière phrase m'atteignit plus que tout le reste.

— Réellement ? J'en doute, puisqu'ils sont sortis ensemble.

— Oui, mais elle n'a jamais tout à fait succombé à ses charmes, elle a gardé ses distances. D'ailleurs, elle prend un malin plaisir à continuer à le vouvoyer.

J'étais déçue d'apprendre qu'il le savait et je lui reprochai de ne pas m'avoir prévenue.

— Quelle importance... C'est toi qu'il aimait. Allais-je gâcher votre bonheur ? J'aurais tout fait pour que ça dure entre vous, qui êtes les deux personnes que j'aime le plus au monde. Tu étais heureuse, non ?

Il avait raison, je venais de vivre les jours les plus forts de mon existence. Maintenant viendraient les nuits désastreuses qui m'épouvantaient par avance. Comme une enfant j'ai tendu les bras et je lui ai demandé :

— Viens près de moi, j'ai besoin de toi.

Il s'est levé et m'a enlacée. J'ai sangloté contre son épaule. Il me rassurait, séchait mes larmes, attendant que je me calme.

— Je vais préparer le canapé, m'a-t-il dit au bout d'un moment. Tu n'as qu'à dormir dans mon lit. Tu seras mieux.

— Je ne veux pas dormir seule. Reste avec moi, sinon je vais mourir d'angoisse.

— Si tu veux, mais ce que tu me demandes est très dur !

J'ai répondu en gémissant une plainte indistincte. Je n'ai pas osé lui dire ce que j'attendais. Je ne voulais pas qu'il me respecte, j'avais au contraire envie, cette nuit, qu'il me fasse l'amour. Sa douceur et sa passion sauraient éveiller mes sens.

Il m'a prêté un de ses pyjamas. Je me suis alanguie dans un bain moussant et je l'ai rejoint, le corps et l'esprit tout amollis.

Il a éteint la lumière, je me suis lovée contre lui. Il m'a serrée dans ses bras. J'ai senti son membre dur contre ma cuisse. J'avais envie de le saisir mais je n'en ai pas eu la force. Le sommeil m'emporta rapidement.

J'ai ouvert les yeux la première le lendemain matin. Il dormait profondément à l'autre bout du lit. Je me suis alors rendu compte du supplice que je lui avais fait endurer. Je l'ai admiré plus qu'aucun autre homme. En le voyant ainsi, je découvrais qu'il m'aurait été pénible d'avoir été sa maîtresse. Je le trouvais banal, laid même. Notre amitié n'aurait plus été la même. Il devait m'aimer véritablement pour moi et non pour lui. Ça devait être cela l'amour véritable. Il me connaissait mieux que moi et sans doute avait-il deviné que j'étais prête à m'offrir mais qu'il n'aurait jamais eu que mon corps.

J'aurais tant préféré l'aimer, lui. Je ressentais la différence entre l'amour et l'amitié. On n'aime que lorsque le corps est attiré pareil à un aimant vers l'autre. Je plaignais les couples mariés pour des raisons autres que celles de l'amour.

Je me suis levée le plus silencieusement possible et j'ai préparé le petit déjeuner. C'était facile, chaque chose avait sa place calculée. J'ai sursauté à son arrivée inopinée dans mon dos.

— Tu es une petite femme parfaite, arrête sinon je vais te demander en mariage.

— Chiche !

— Non, pitié ! Je suis devenu un vieux garçon, ma pauvre mère ne le supporterait pas.

Nous nous sommes amusés. Il plaisantait, heureux. Nous avons évité les allusions à la nuit que nous venions de passer. Il me fit part de ses projets pour moi ; il avait dû les mettre au point avant de s'endormir.

— Béatrice, je vais te prêter un peu d'argent. Tu vas partir chez des amis à moi qui tiennent un relais-château avec des écuries en Normandie. Tu as besoin de quelques jours de vacances. Je passe chez Fabio chercher tes affaires cet après-midi. Toi tu iras faire quelques courses pour te distraire. Nous partons vers les sept heures.

J'ai voulu discuter et il a riposté :

— C'est moi ton patron, non ? Mais je te préviens, ce soir nous ferons chambre à part.

Il avait dit cela à moitié en plaisantant. Je me suis excusée :

— J'ai été stupide, pardonne-moi.

— Oui, tu aurais pu tout gâcher. N'en parlons plus.

Je lui ai demandé s'il sortait avec des femmes.

— Oui, et quand je les caresse, je pense à toi.

Je n'ai pas discerné s'il disait vrai ou s'il éludait. En tout cas il me remettait à ma place d'une façon élégante. Il m'a donné une liasse de billets.

— Tu me les rendras, au centuple, à la sueur de ton front.

Je l'ai remercié, un peu gênée. Il s'est préparé rapidement et s'est sauvé en me promettant de revenir en fin de journée pour m'extraire de la capitale.

Je suis sortie peu de temps après. J'ai pris plaisir à flâner dans les rues en faisant des emplettes inutiles. Deux ou trois fois j'ai eu envie de retrouver

Fabio, la gifle cuisante qu'il m'avait administrée m'en dissuadait. J'ai également eu envie d'appeler mon mari et là il suffisait d'un peu de jugeote et de suivre les sages conseils d'Antoine : une retraite de quelques jours me ferait le plus grand bien. La compagnie des chevaux, la nature me seraient profitables. J'avais hâte d'être au lendemain, de prendre du recul et de m'éveiller au chant des oiseaux.

17

La jument était encore blanche d'écume quand j'ai franchi les portes de l'écurie. Un jeune homme blond s'est précipité sur moi, l'air passablement énervé.

— Qui vous a permis de prendre Léontine ?

— Mme Sedille, bien entendu, répondis-je en le toisant.

La permission venait de la patronne de l'hôtel, une amie d'Antoine. Cela ne calma pas le garçon bougon.

— Ça m'étonnerait... Bon, je vais la bouchonner.

Il tenta de s'emparer des rênes, je m'y opposai. Il eut un geste brusque, la pouliche se rebiffa. Il la calma de la voix et s'en prit à moi de nouveau.

— Elle est encore jeune. Vous auriez pu la blesser ou lui faire mal. En plus vous me la ramenez dans un état !

Je lui laissai les rênes et je les ai observés. Léontine le connaissait bien. D'un grand mouvement affectueux elle s'essuyait la tête sur son torse, il riait, la flattait. Avec beaucoup de douceur il la dessella, doucha ses membres, la sécha avec un couteau de chaleur. Elle se laissait faire. Il l'aimait certainement beaucoup car elle ne s'était pas laissé préparer avec autant de facilité.

Le garçon était petit, trapu, plutôt mignon. Ses courts cheveux blonds lui donnaient à peine vingt ans ; il n'était pas rasé de très près, pour se vieillir, ou se rendre plus viril. Je me suis trouvée bête devant sa sincérité et je me suis excusée.

— Vous avez raison. Je l'ai fait galoper trop vite et trop longtemps. J'avais besoin de me changer les idées.

Il me regardait et j'ai aimé la franchise de son regard et de ses yeux bleus naïfs. Il aurait pu me répondre que pour me vider la tête j'avais failli « vider la bête » mais il se contenta d'une remarque désarmante.

— Ce n'est pas grave, vous autres, les Parisiens, vous êtes tous pareils... On va lui mettre les bandes de repos.

Je lui ai proposé de les apporter. Ensuite il a sellé un grand hongre bai. Je l'ai admiré quelques minutes dans la carrière. Il évoluait avec aisance. Il paraissait encore plus petit sur sa monture.

— J'ai une reprise d'obstacles à trois heures. Venez si vous voulez, me dit-il en revenant.

— Ma foi, oui...

— Au fait, c'est quoi votre nom ?

— Béatrice, et vous ?

— Moi c'est Thierry.

Je suis rentrée à l'hôtel. Antoine prenait un verre sur la terrasse. Il sourit en m'apercevant.

— Tu es radieuse, ça va mieux, on dirait.

— Oui, je me sens loin de tout... Tu devrais te mettre au cheval plutôt qu'au whisky, c'est formidable. La vitesse de l'animal te donne une extraordinaire sensation de liberté.

— Tu veux me tuer ? Je ne suis pas très sportif.

— Par contre, qu'est-ce que tu bois !

— Des reproches, déjà ! Que veux-tu, c'est mon

point faible. Allez... va prendre une douche, on passe à table. Je dois partir, nous aurons à peine le temps de déjeuner.

De la fenêtre de ma chambre j'entendais chanter les oiseaux, j'apercevais des chevaux dans un pré. Antoine avait trouvé l'endroit idéal pour m'éloigner de Fabio et me rendre la paix.

Le repas fut agréable bien que l'idée du prochain départ d'Antoine m'attristât. J'avais un peu peur de me retrouver seule. Il me rassura :

— Je reviens te chercher quand tu voudras.

Je l'ai accompagné jusqu'à sa voiture. Je l'ai regardé disparaître sous les frondaisons. Il était plus de trois heures et je suis allée aux écuries. La leçon venait de s'achever, les élèves rentraient leurs bêtes. J'ai fait un signe amical à Thierry qui ne m'a pas répondu. Son attitude m'agaçait et je l'ai abordé avec une certaine agressivité :

— J'ai eu un empêchement.

— Oui, j'ai vu, vous déjeuniez avec votre mari. J'espère qu'il est très riche, parce que physiquement il est vraiment pas terrible.

J'ai eu envie de le gifler pour son arrogance inutile.

— Vous êtes stupide, ce n'est qu'un ami, et puis ça ne vous regarde pas. En tout cas je me suis inscrite à la leçon de six heures.

— Comme vous voulez. Ici, le client est roi.

Il reprenait ses distances pour me communiquer le mépris qu'il ressentait à l'égard des personnes de mon espèce. Il réagissait comme un gamin et cela m'amusait.

J'ai visité les installations et j'ai conversé avec chaque animal. Je suis tombée amoureuse d'un grand alezan dont l'élégance et la fierté m'impressionnaient.

A l'heure du cours nous étions cinq et le professeur organisa la répartition des montures. Ce fut très pénible pour moi. Je soupçonne Thierry de m'avoir désigné un cheval ne correspondant ni à mon caractère ni à ma monte. C'était un gros trotteur mou, sans énergie, je n'arrivais pas à le mettre au galop. Il prit un malin plaisir à me critiquer et à m'humilier devant les autres. J'écoutais cependant ses conseils et petit à petit, j'ai trouvé les boutons : le cheval s'allégeait, devenait plus confortable. Si bien qu'à la fin de la séance le moniteur me laissa tranquille.

Je passai les trois jours suivants entre la relecture des vieux classiques stendhaliens, les promenades dans l'allée et de longues heures d'équitation. Je faisais des progrès. J'oubliais peu à peu Fabio. Le soir mon corps était épuisé par l'activité physique et je m'endormais apaisée. Nul n'aurait pu prétendre que j'étais guérie mais je souffrais moins et j'étais certaine d'avoir pris la bonne décision. Antoine m'appelait chaque soir pour prendre de mes nouvelles et le temps s'écoulait dans le calme.

Le crépuscule descendait sur le manège. Les feux d'herbe des jardiniers se consumaient dans le parc. La leçon avec Thierry venait de se terminer. Il m'avait confié Léontine. J'avais découvert la finesse de cette jument grâce à ses conseils. Elle était aérienne. J'étais dans le box en train de la gaver de friandises et j'en ai profité pour remercier Thierry.

— Vous avez beaucoup de sentiment à cheval, me répondit-il, il faut persévérer.

Son compliment me toucha. Il commençait à nourrir les bêtes et je l'ai aidé. Nous eûmes fini à huit heures passées. Il me proposa de dîner avec lui et il m'emmena dans une pizzeria du coin. Pendant tout le repas, il me fit partager sa passion des chevaux dans un français souvent approximatif que je corrigeais mentalement avec attendrissement.

Il m'a reconduite dans sa vieille R5. Il était très intimidé dans le parking, me remerciant pour la soirée que je lui avais consacrée. Je n'avais pas envie de le quitter, je prolongeais la conversation. Il n'osait pas me toucher et pourtant je me tenais tout contre lui. Enfin, n'y tenant plus, ses doigts ont frôlé ma cuisse, j'ai posé ma main sur la sienne, d'un geste ferme, l'obligeant à peser sur ma peau. Il attendait un signal de ma part.

— J'ai envie de toi, monte...

— Je n'ai pas le droit, viens chez moi.

Ce n'était donc que cela. J'en ai tressailli de plaisir. Nous sommes retournés aux écuries. Il avait une studette au-dessus des stalles. Il n'a pas osé donner de la lumière.

Son visage vint à la rencontre du mien et mes lèvres eurent tôt fait de goûter aux siennes.

Nous ne disions rien, respirant à peine, et je m'émerveillais de l'harmonie de ce baiser, de sa facilité : nous découvrions l'amour d'instinct.

Nos lèvres n'en finissaient plus de s'explorer, se chercher, se reconnaître, se sentir à fleur de peau, s'apprécier, comme si elles eussent voulu se payer d'une trop longue attente à se trouver enfin. C'était doux, irréel et terriblement présent à la fois, merveilleux. Le temps ne comptait plus. Les objets avaient fondu. Nous étions catapultés dans l'espace, lovés au sein d'une bulle, d'un pur cristal, d'un grand soleil en révolution qui nous brûlait dans tous les sens.

Il ne restait plus au monde que nos lèvres friandes en éveil, à l'affût du bonheur.

Ma langue, messagère d'abord lascive puis soudain plus alerte, partit à la recherche de la sienne qui, consentante, se laissa envelopper. La langue-femelle devenait langue-mâle, et c'était purement vertigineux que de se laisser ainsi caresser, de frémir tel un oiseau déployé sous les attouchements de cette langue sœur, ses pointes délicates ou enflammées contre la voûte du palais.

Nous avions l'éternité devant nous, la nuit, la vie pour nous aimer, et pourtant, nos mains, dans un élan identique, une même communion, accomplirent les premiers gestes de délicieuse impatience.

Parties du cou, celles de Thierry descendirent doucement vers mon ventre, confortées par une tranquille assurance, là où elles déboucleraient la ceinture de la jupe.

Les miennes, plus empressées, avaient déjà libéré tous les boutons de sa chemise, et lorsqu'il fut torse nu, j'ai caressé son buste d'ivoire, fort, finement musclé, je l'ai lissé de mes paumes amoureuses.

Lentement il a défait la ganse du chemisier, ouvert le col, fait sauter les boutons, dénudé mes épaules, sans hâte, comme lorsqu'on décortique une orange et que l'on diffère le plaisir de mordre dans sa pulpe fraîche.

Avec délicatesse il baisa l'épaule droite, comme un amant aux lèvres tannées par l'expérience, dont la chair, par sa seule consistance, symbolisait l'acte d'offrande, chair palpitante et généreuse, et il en eut la preuve en y mordillant un peu : tout mon corps répondit à cette mâle caresse par un frémissement semblable au tressaut d'une fibre qu'exciterait une décharge électrique. Quatre mots simples m'ont échappé.

— C'est bon... Je t'aime.

Thierry se grisa, me prit par les épaules, m'éloigna délicatement de lui, puis ôta son pantalon et son slip. Il se retrouva nu et n'en éprouva aucune gêne.

Son sexe était en totale érection, et ce n'était pas une mince affaire. Je pouvais juger de l'ampleur de son désir, et je le sentais aussi fier que s'il racontait une victoire, tant il me savait impatiente d'être investie.

Nos attitudes, nos gestes, qui auraient pu, pour un rien, basculer dans le vulgaire de certaines photos que j'avais déchirées, nos postures semblaient naturelles, comme coulant de source.

Thierry a fait un pas vers moi, mais du regard je l'enjoignis de ne plus bouger. Lentement, à mon tour je me suis dénudée dans le rayon laiteux de lune qui tombait sur mon corps avide comme le spot d'un projecteur de théâtre à huis clos. L'odeur de nos peaux se mêlaient aux effluves de nos désirs pour ces corps qui s'offraient. Lui détaillait le mien, revenant sans cesse aux seins, ces appas majeurs qui le fascinaient. Ils sont assez jeunes pour rester haut perchés, assez lourds pour produire à leur base ces plis si particulièrement sensuels, en forme de demi-lune. Leurs mamelons roses se fondaient dans le hâle de la peau et leurs pointes granuleuses, larges, longues, attestaient de leur aptitude, ombrées de mauve et frémissantes, à la caresse voluptueuse ou sauvage, aux gâteries de la bouche ou des doigts.

Insensiblement il descendit vers ce pubis à la brune blondeur des champs de blé, à l'épaisseur d'une couche de mousse en forêt. Je n'avais plus besoin de positions exhibitionnistes car lui l'admirait dans sa beauté, l'adorait, sachant que sous son écrin se cachait la fleur secrète, la fleur imbibée de liqueurs et d'odeurs. Il lui restait à découvrir ce trésor et il en tremblait dans tout son être.

Des deux bras tendus vers lui j'ai appelé le mâle et il a frémi de nouveau, foudroyé de bonheur.

— Je crois que moi aussi je t'aime, murmura-t-il.

Il m'a embrassée, cette fois avec fougue, investissant la voûte sensible de mon palais. Tout en m'embrassant, il me serrait avec une violence inouïe, comme pour m'empêcher de bouger d'un seul pouce, comme s'il avait peur que je m'en aille. En même temps il donnait à ses hanches un mouvement de roulis, imprimant plus fort la marque brûlante de son sexe sur la peau fine de mon ventre.

Ses lèvres se sont détachées, mais il est resté rivé à moi, et tandis que sa main gauche montait vers mes seins, la droite m'enserrait toujours la taille.

— Je t'aime, murmura-t-il encore, je t'aime...

Je me suis laissé tomber à genoux et, dans un élan irrésistible, j'ai placé mes paumes sous ses bourses, telle une vestale présentant une offrande aux dieux, puis en me penchant j'ai déposé un tendre baiser sur son sexe. Je ne lui ai pas répondu mais mon regard lui disait: « Vois comme je t'aime. »

Il s'est mis à genoux à son tour, il m'a renversée délicatement sur la moquette, a écarté plus délicatement encore la fourche de mes cuisses et il a avancé ses lèvres vers mon sexe pour lui rendre mon baiser.

Thierry est resté longtemps ainsi à l'embrasser, à boire amoureusement au cœur de cette fleur rose et odorante, qui ruisselait de désir, et palpitait sous la blondeur du fin buisson. Mes doigts se crispaient dans sa chevelure. Ma tête roulait de part et d'autre de mes épaules. Je gémissais de convoitise et de bonheur.

— Viens, mon amour... Viens maintenant, prends-moi, doucement, tendrement, aime-moi, je t'en prie... Vois, je m'offre toute, je m'abandonne. Je suis tienne, je te veux!

Il est venu sur moi en souriant, effleurant ma joue du dos de la main, se penchant et m'embrassant dans le cou. De ses dix doigts il a parcouru mon buste, mes hanches, mon ventre, comme pour marquer ce qui était désormais son domaine.

Passant ses bras sous mes genoux, il m'a ouverte toute grande et il m'a pénétrée en me regardant dans les yeux, pour s'abreuver de mon consentement, glissant en moi aussi tendrement que je le souhaitais, et il m'a prise langoureusement, ce que j'attendais depuis une éternité.

Vers sept heures du matin, je l'ai entendu se lever. J'ai remué, il a baisé mes paupières en me disant :

— Dors, mon amour, je vais m'occuper des chevaux.

La nuit que nous avions passée ensemble m'avait épuisée et je ne me suis pas fait prier. Plus tard dans la matinée, il est revenu. Il sentait bon la transpiration et le cheval. J'étais bien, il m'a cajolée et nous avons chahuté pareils à deux enfants. Puis il est retourné travailler et je suis rentrée à l'hôtel. Antoine avait laissé plusieurs messages affolés. Je l'ai appelé et je lui ai raconté mon aventure. Il s'en montra contrarié. Cette escapade ne lui plaisait pas du tout. Il avait accepté ma liaison avec Fabio, mais il ne supportait pas un coup de cœur pour un autre, comme si en trompant son meilleur ami (qui m'avait bafouée, par parenthèse...) je le trahissais lui aussi. Je compris tout cela au son de sa voix quand il me dit avec une vivacité inaccoutumée :

— Bon, il faut que tu rentres, nous avons beaucoup de travail en retard. Je viens te chercher demain.

Il ne me laissait pas le choix et je lui ai fait la réponse qu'il attendait.

Je suis descendue aussitôt rejoindre Thierry. J'ai

croisé dans la cour Mme Sedille qui m'a lancé un regard désapprobateur. Décidément, les gens n'ont pas envie que l'on soit heureux !

J'ai gambadé jusqu'à la carrière et j'ai admiré mon jeune amant évoluer. Il était très concentré, mais dès qu'il m'aperçut, il s'arrêta et rentra le cheval au box.

— Je crois que je t'aime très fort, me dit-il, l'air grave, sans ambages.

J'ai été surprise par la rapidité et l'intensité de sa déclaration. J'ai donc pris un luxe de précautions pour lui annoncer avec ménagement que je partais le lendemain. Son visage s'est assombri.

— Je comprends, je ne suis pas grand-chose pour toi.

Il a baissé les yeux, au bord des larmes. Je l'ai serré dans mes bras. J'avais envie de lui dire mille choses, de lui expliquer la vie, mais après tout il la découvrirait bien assez tôt.

Grâce à lui j'avais surmonté un cap difficile et il aurait sans doute pu encore m'apporter le réconfort que je souhaitais. Mon cœur était loin d'être cicatrisé. Bien sûr, je n'étais pas réellement amoureuse de lui parce qu'il était trop tôt pour que je puisse vibrer à nouveau.

Les vingt-quatre heures que nous avons passées ensemble ont défilé à toute vitesse. Il m'a fait découvrir d'autres sensations à cheval, me faisant travailler sur les meilleures montures du manège. Notre entente ne passait pas inaperçue, certains se montraient jaloux de l'attention spéciale qu'il me portait, mais tous étaient choqués à cause de la différence de classe.

— C'est indécent, m'agressa la directrice.

Elle nous demanda au moins d'être discrets. Je n'ai pas tenu compte de ses remontrances, lui non plus.

Au soir, il voulut m'offrir son alezan, un cadeau démesuré que j'ai refusé. Fanfare était un jeune cheval qu'il avait acheté poulain, il l'entraînait, et si tout se passait bien, vu ses qualités de saut, il pourrait le revendre dans les cinquante mille francs à la fin de la saison des concours. Je lui ai rétorqué que mon niveau de cavalière ne me permettait pas de le monter, car j'en serais descendue plus souvent contre mon gré... que de mon propre chef.

Toute la nuit il m'a refait l'amour. Parfois, je fermais les yeux, il me secouait pour que je reste éveillée. Il a été plus doux encore que la veille, je savourais ses caresses, sa peau satinée, et mes doigts ne se lassaient point de se promener sur ce corps juvénile et musclé. La perspective d'avoir à se quitter au bout de quelques heures rendait chacune de nos étreintes encore plus intense, plus passionnée.

Au petit matin il pleurait dans mes bras, me jurant, lui aussi, qu'il ne pourrait plus vivre sans moi. Je lui ai promis de revenir. Il voulait changer de poste, se rapprocher de Paris. Je lui ai alors menti :

— Je suis mariée et il me sera impossible de te voir souvent.

Je ne voulais pas qu'il gâche son métier pour moi car je ne pouvais lui apporter grand-chose en échange. La tristesse de ses bons yeux naïfs m'a bouleversée. Il me faisait tant de peine que j'ai eu la tentation d'envoyer promener Antoine, le magasin d'antiquités et le reste... Pourtant, il était trop différent de ce à quoi j'aspirais désormais pour que je change de vie — ce qui ne m'empêcherait jamais de lui garder une place privilégiée au fond de mon cœur.

Au moment de partir, il a glissé un paquet dans

ma main, m'enjoignant de ne pas l'ouvrir tout de suite.

Je me suis enfuie en courant pour éviter des adieux plus déchirants. Antoine m'attendait à l'hôtel. J'aurais aimé me confier à lui mais il affectait une attitude fort distante. Il a mis mes affaires dans le coffre, sans mot dire. Mme Sedille m'a à peine saluée. J'ai fait un vœu fervent pour que Thierry n'ait pas à pâtir de l'amour que je lui avais prodigué.

J'ai éclaté en sanglots dans la voiture. Antoine ne disait toujours rien. Le voyage de retour fut pénible. J'ai serré contre ma poitrine, tout le temps du parcours, la petite chaîne en or, le seul objet de valeur possédé par mon bel amant, et qu'il m'avait donnée.

18

Antoine conduisait vite, nerveusement. Nous sommes arrivés au pont de Saint-Cloud sans avoir desserré les dents. Ce n'est qu'en arrêtant la voiture devant chez lui qu'il m'a adressé la parole.

— Tu peux dormir chez moi pendant quelque temps.

— Sûrement pas, je vais aller à l'hôtel.

— Ne sois pas ridicule, voyons !

— C'est toi qui es ridicule. Je te croyais mon ami sincère et véritable. Au lieu de cela tu es jaloux d'un rayon de soleil qui est venu embellir mon ciel obscurci.

— Je ne te savais pas aussi poétique...

Je reconnus que cette allégorie fleurie me surprenait moi-même. Il me regardait, amusé, je retrouvais une lueur rieuse dans son regard et je lui ai souri.

— Tu as raison, me dit-il, j'ai été ridicule. Mais ce n'était pas un homme pour toi.

— Crois-tu que je ne le savais pas ? J'étais bien avec lui, c'est tout.

— C'est justement ce dont je suis envieux. Tu t'es offerte à lui et moi je souffre d'être laid, de ne pas te plaire. Tu m'as donné une amitié précieuse... seulement, c'est dur, quand même...

Il avait raison ; c'est lui qui avait le mauvais rôle et une fois de plus j'avais été injuste et égoïste. Je me suis excusée et j'ai accepté de rester chez lui quelques jours, le temps nécessaire pour me trouver un studio.

Antoine est parti ouvrir la boutique, j'ai travaillé seule le restant de la journée. J'avais en effet beaucoup de dossiers en retard et j'étais soulagée d'être occupée. Je ressentais un malaise dans Paris. J'étais néanmoins décidée à m'y installer.

Dès le lendemain j'ai entrepris de faire place nette et de régler les détails de ma nouvelle vie.

Pour commencer, j'ai appelé Fabio. Je voulais absolument le revoir, savoir si j'étais capable de tourner enfin la page. Quand il a entendu ma voix, il a cru que j'allais lui revenir. Plus encore lorsque je lui ai répondu :

— D'accord, j'arrive d'ici une heure.

Après avoir raccroché, j'avais peur de me retrouver face à lui. Je redoutais certes mes réactions, étant toutefois déterminée à me conduire en adulte, estimant que j'avais été suffisamment lâche autrefois. Mon cœur battait fort en montant les quatre étages. Une foule de souvenirs merveilleux m'envahissait. J'ai franchi la porte, chancelante. Une fois de plus il était dans son vieux canapé usé, un verre de cognac à la main. Mais cette fois-ci il se dérangea et vint à ma rencontre. Il me prit dans ses bras, me serrant à me faire suffoquer.

— Reviens, mon cœur, je t'aime, je t'aime, répétait-il entre deux baisers.

Bizarrement mon ventre restait indifférent, je ne ressentais plus l'appel du mâle. Bien sûr je n'étais pas totalement insensible à sa peau, à son odeur, mais il ne m'enflammait plus.

Il me déshabillait, me poussait au lit. Je n'ai pas

résisté parce qu'il me semblait plus facile de me laisser faire. N'était-ce pas la meilleure solution pour savoir si j'étais encore amoureuse de lui ? Puisque lui manifestait si vivement son envie de moi...

Il m'a prise une dernière fois. J'ai retrouvé les précédentes sensations, avec moins d'intensité, cependant. C'était devenu mécanique. Fabio, grand instinctif, hypersensible, s'en rendit compte.

— Tu ne m'aimes plus, dit-il, c'est vraiment fini.

J'ai répondu par un signe de tête. Il s'est levé brusquement.

— Alors, tire-toi...

L'homme sauvage que j'avais aimé venait de resurgir en trois mots. J'ai ri, intérieurement, et je me suis rhabillée, assez fière de moi ; j'avais enfin gagné ; ma tête avait repris possession de mon corps.

Fabio m'ignorait, installé à son chevalet. Sa façon de bousculer les pinceaux me laissait deviner que la scène le faisait souffrir. Nulle pitié ne m'émouvait plus pour cet homme qui avait piétiné ma vie. D'autant qu'il saurait se réfugier dans son art, exorciser sa douleur en peignant des toiles violentes dont Corinne profiterait.

J'aurais voulu partir sur quelques mots gentils, un au revoir plus qu'un adieu. Seulement il est pénible de parler à un bloc qui feint de ne plus vous connaître et qui s'est emmuré dans son monde. Alors je l'ai quitté, laissant ouverte cette porte qu'il ne fermait jamais. Dans l'escalier, j'imaginai celles qui la pousseraient. Combien d'autres l'aimeraient ? Combien souffriraient ? Je leur souhaitais de réussir, sans rancune.

Plus tard dans la soirée j'ai franchi les grilles de ce qui avait été ma maison. La scène des retrouvailles avec Marc Olivier serait probablement plus délicate à jouer que celle de la rue Simon-Bolivar. Il avait été assez distant au téléphone, surpris même de me voir resurgir dans sa vie.

Cela m'a fait tout drôle d'être à Saint-Cloud et de sonner à cette porte. Le plus étrange m'attendait derrière le battant ; je fus accueillie par une ravissante jeune femme ! Elle me fit entrer et m'accompagna jusqu'au salon. Marc Olivier avait l'air en pleine forme, je le trouvais même un peu plus gros, signe que tout allait bien. Il se leva et me fit une bise affectueuse. Il ne semblait plus me tenir rigueur, évoluant avec aisance.

— Béatrice, je te présente Anne, ma compagne.

Je me suis effondrée sur le sofa. Il m'a vue pâle, et m'a proposé de boire quelque chose. J'ai réclamé un gin, j'avais besoin d'un remontant pour encaisser ce choc inattendu.

Anne avait à peine vingt ans, la silhouette élancée, un visage ovale illuminé par deux grands yeux bleus, une bouche charnue, et surtout elle respirait la gentillesse, la douceur. Elle se déplaçait avec beaucoup de grâce et de féminité. Elle s'assit à côté de lui. Ils se tenaient la main, ils avaient l'air heureux, je me sentais de trop. J'étais ulcérée d'avoir été aussi vite remplacée et je ne pouvais même pas me consoler en la critiquant : je la trouvais mieux que moi ! Mon pouvoir de séduction était si terriblement bafoué que j'avais du mal à m'en remettre. D'autant que Marc Olivier m'acheva en reprenant la parole.

— Béatrice, il faudrait hâter le divorce car Anne attend un enfant de moi, je voudrais l'épouser le plus vite possible, je sais que tu comprendras.

Comprendre ? Non, il m'humiliait. Non, je ne pouvais pas, c'était au-dessus de mes forces ! Je me sentais encore chez moi et je me rendais compte que je n'avais pas rompu tous mes liens avec lui. Ma tête bourdonnait et j'ai bafouillé :

— Oui, oui, bien sûr, demain si tu veux... et toutes mes félicitations.

Il n'avait rien perçu de mon désarroi tant il nageait dans le bonheur. Je lui ai abandonné la mise au point des détails et je me suis enfuie de cette demeure.

J'ai vomi dans le bosquet. J'ai failli m'évanouir dans la rue et je suis restée de longues minutes dans ma voiture, les yeux fermés. Peu à peu j'ai retrouvé quelques esprits et je suis rentrée chez Antoine. Je n'ai pas eu le courage de lui parler. Cette journée m'avait laminée. Je me sentais dans l'état d'une femme abandonnée — non par les êtres que j'avais « répudiés » de mon plein gré — mais par les événements, par l'écoulement de la vie. Je pensais à la représentation d'un festival où nous étions allés entendre avec Marc Olivier *Le Chevalier à la Rose* de Richard Strauss. Je m'identifiais à cette Maréchale qui croit avoir perdu sa jeunesse parce qu'elle a trente ans.

Antoine remarqua mon état mélancolique et il fit tout pour m'être agréable. Il commençait à me peser. Je ne pouvais pas faire un geste sans qu'il devance mon désir. Il m'étouffait. La fraîcheur de Thierry me manquait affreusement.

Le jour suivant, dès qu'il fut parti, j'appelai en Normandie. J'eus une femme au bout du fil. Je lui demandai de me passer Thierry. Elle me répondit :

— Il ne travaille plus ici.

J'ai essayé d'obtenir des renseignements, en vain. Je ne pouvais pas rester sans nouvelles de lui. J'ai pris la route, et trois heures plus tard, j'étais dans le hall de l'hôtel. Mme Sedille, venue à ma rencontre, confirma mes craintes. Il avait démissionné après mon départ, et il était retourné en Belgique d'où il était originaire.

J'ai suivi sa trace en France, puis pendant plusieurs jours à Malines, à Bruges, où je n'ai pas recueilli le moindre indice. C'était trop bête de ne pas avoir su faire concorder mes sentiments avec la liberté retrouvée.

L'automne finissait quand un jour, au magasin, j'ai reçu un coup de fil d'un inconnu embarrassé, un ami de Thierry, moniteur d'équitation comme lui. Il avait eu mon numéro par le relais-château de Normandie. Thierry lui avait fait jurer, avant de mourir, de m'appeler. Ce que je redoutais le plus en mon for intérieur venait d'arriver. Il s'était tué à cheval en sautant en concours sur Fanfare. Son entourage s'accordait pour reconnaître qu'il avait pris des risques inconsidérés.

J'ai vécu les mois qui ont suivi dans un grand vide, dans un rien permanent. Antoine ne me posa aucune question. Nous ne nous sommes entretenus que de travail et là, au moins, les choses se passent bien, je gagne de mieux en mieux ma vie, je n'ai plus de soucis d'argent.

J'ai eu la force de m'inscrire dans un club hippique et bien m'en a pris, car je ne me retrouve que sur un cheval, des alezans de préférence, et grands. Ce sont les seuls moments que je passe dans la paix du cœur.

Et puis ma vie s'est remplie à nouveau, insensiblement, superficiellement. J'ai rencontré de nouveaux amis, j'ai eu d'autres amants. Certains m'ont satisfaite, d'autres m'ont laissée sur ma faim. Pour aucun d'eux, je n'ai ressenti le vrai frisson, mon cœur ne réagit plus, je suis une femme seule.

Voilà. J'ai un corps libéré, une sexualité épanouie, plus de mari, plus de Sandra, plus d'amant ; en contrepartie j'ai un métier et de l'expérience, paraît-il.

J'ai voulu chatouiller mon destin et je l'ai plutôt bafouillé, mais au moins je connais le prix de l'espérance. Le soir, en m'endormant, je prie pour que l'amour de ma vie ne tarde plus à venir à ma rencontre. Cette fois je ne le laisserai pas s'enfuir. Je le reconnaîtrai au premier regard, nous ne nous quitterons plus, notre premier enfant sera un garçon et je l'appellerai Thierry.

Littérature

extrait du catalogue

Cette collection est d'abord marquée par sa diversité : classiques, grands romans contemporains ou même des livres d'auteurs réputés plus difficiles, comme Borges, Soupault. En fait, c'est tout le roman qui est proposé ici, Henri Troyat, Bernard Clavel, Guy des Cars, Frison-Roche, Djian mais aussi des écrivains étrangers tels que Colleen McCullough ou Konsalik.

Les classiques tels que Stendhal, Maupassant, Flaubert, Zola, Balzac, etc. sont publiés en texte intégral au prix le plus bas de toute l'édition. Chaque volume est complété par un cahier photos illustrant la biographie de l'auteur.

ADLER Philippe
Bonjour la galère 1868/**2**
Les amies de ma femme 2439/**3**
Graine de tendresse 2911/**3**
Qu'est-ce qu'elles me trouvent ? 3117/**3**

AGACINSKI Sophie
La tête en l'air 3046/**5**

AMADOU Jean
La belle anglaise 2684/**4**

AMADOU - COLLARO - ROUCAS
Le Bêbête show 2824/**5** & 2825/**5** Illustrés

AMIEL Joseph
Le promoteur 3215/**9** (Mai 92)

ANDERSON Peggy
Hôpital des enfants 3081/**7**

ANDREWS Virginia C.
Fleurs captives :
- **Fleurs captives** 1165/**4**
- **Pétales au vent** 1237/**4**
- **Bouquet d'épines** 1350/**4**
- **Les racines du passé** 1818/**4**
- **Le jardin des ombres** 2526/**4**

La saga de Heaven :
- **Les enfants des collines** 2727/**5**
- **L'ange de la nuit** 2870/**5**
- **Cœurs maudits** 2971/**5**
- **Un visage du paradis** 3119/**5**
- **Le labyrinthe des songes** 3234/**6** (Juin 92)

APOLLINAIRE Guillaume
Les onze mille verges 704/**1**
Les exploits d'un jeune don Juan 875/**1**

ARCHER Jeffrey
Le pouvoir et la gloire (Kane et Abel) 2109/**7**
Faut-il le dire à la Présidente ? 2376/**4**

ARSAN Emmanuelle
Les débuts dans la vie 2867/**3**

ARTUR José
Parlons de moi, y a que ça qui m'intéresse 2542/**4**

ATWOOD Margaret
La servante écarlate 2781/**4**
Œil-de-chat 3063/**8**

AURIOL H. et NEVEU C.
Une histoire d'hommes/Paris-Dakar 2423/**4**

AVRIL Nicole
Monsieur de Lyon 1049/**3**
La disgrâce 1344/**3**
Jeanne 1879/**3**
L'été de la Saint-Valentin 2038/**2**
La première alliance 2168/**3**
Sur la peau du Diable 2707/**4**
Dans les jardins de mon père 3000/**3**

AZNAVOUR-GARVARENTZ
Petit frère 2358/**3**

BACH Richard
Jonathan Livingston le goéland 1562/**1** Illustré
Illusions/Le Messie récalcitrant 2111/**2**

	Un pont sur l'infini 2270/**4**
	Un cadeau du ciel 3079/**3**
BAILLY Othilie	**L'enfant dans le placard** 3029/**2**
BALLARD J.G.	**Le jour de la création** 2792/**4**
BALZAC Honoré de	**Le père Goriot** 1988/**2**
	Le colonel Chabert 3235/**1** (Juin 92)
BANCQUART Marie-Claire	**Photos de famille** 3015/**3**
BARREAU Jean-Claude	**Oublier Jérusalem** 3121/**3**
BARRET André	**La Cocagne** 2682/**6**
BARRIE James M.	**Peter Pan** 3174/**2**
BATS Joël	**Gardien de ma vie** 2238/**3** Illustré
BAUDELAIRE Charles	**Les Fleurs du mal** 1939/**2**
BEARN Myriam et Gaston de	*Gaston Phébus :*
	1 - Le lion des Pyrénées 2772/**6**
	2 - Les créneaux de feu 2773/**6**
	3 - Landry des Bandouliers 2774/**5**
BEART Guy	**L'espérance folle** 2695/**5**
BEAULIEU PRESLEY Priscilla	**Elvis et moi** 2157/**4** Illustré
BECKER Stephen	**Le bandit chinois** 2624/**5**
BELLEMARE Pierre	**Les dossiers d'Interpol** 2844/**4** & 2845/**4**
BELLEMARE P. et ANTOINE J.	**Les dossiers extraordinaires** 2820/**4** & 2821/**4**
BELLETTO René	**Le revenant** 2841/**5**
	Sur la terre comme au ciel 2943/**5**
	La machine 3080/**6**
	L'Enfer 3150/**5**
BELLONCI Maria	**Renaissance privée** 2637/**6** Inédit
BENZONI Juliette	**Un aussi long chemin** 1872/**4**
	Le Gerfaut des Brumes :
	- Le Gerfaut 2206/**6**
	- Un collier pour le diable 2207/**6**
	- Le trésor 2208/**5**
	- Haute-Savane 2209/**5**
BERBEROVA Nina	**Le laquais et la putain** 2850/**2**
	Astachev à Paris 2941/**2**
	La résurrection de Mozart 3064/**1**
	C'est moi qui souligne 3190/**9** (Avril 92)
BERG Jean de	**L'image** 1686/**1**
BERTRAND Jacques A.	**Tristesse de la Balance...** 2711/**1**
BEYALA Calixthe	**C'est le soleil qui m'a brûlée** 2512/**2**
	Tu t'appelleras Tanga 2807/**3**
BISIAUX M. et JAJOLET C.	**Chat plume (60 écrivains...)** 2545/**5**
	Chat huppé (60 personnalités...) 2646/**6**
BLAKE Michael	**Danse avec les loups** 2958/**4**
BLIER Bertrand	**Les valseuses** 543/**5**
BORGEN Johan	**Lillelord** 3082/**7**
BORY Jean-Louis	**Mon village à l'heure allemande** 81/**4**
BOULET Marc	**Dans la peau d'un Chinois** 2789/**7** Illustré
BRADFORD Sarah	**Grace** 2002/**4**
BRAVO Christine	**Avenida B.** 3044/**3**
	Les petites bêtes 3104/**2**
BRUNELIN André	**Gabin** 2680/**5** & 2681/**5** Illustré
BURON Nicole de	**Les saintes chéries** 248/**3**

	Vas-y maman 1031/2
	Dix-jours-de-rêve 1481/3
	Qui c'est, ce garçon ? 2043/3
	C'est quoi, ce petit boulot ? 2880/4
CARDELLA Lara	Je voulais des pantalons 2968/2
CARRERE Emmanuel	Bravoure 2729/4
CARS Guy des	La brute 47/3
	Le château de la juive 97/4
	La tricheuse 125/3
	L'impure 173/4
	La corruptrice 229/3
	La demoiselle d'Opéra 246/3
	Les filles de joie 265/3
	La dame du cirque 295/2
	Cette étrange tendresse 303/3
	La cathédrale de haine 322/4
	L'officier sans nom 331/3
	Les sept femmes 347/4
	La maudite 361/3
	L'habitude d'amour 376/3
	La révoltée 492/4
	Amour de ma vie 516/3
	Le faussaire 548/4
	La vipère 615/4
	L'entremetteuse 639/4
	Une certaine dame 696/5
	L'insolence de sa beauté 736/3
	L'amour s'en va-t-en guerre 765/3
	Le donneur 809/3
	J'ose 858/3
	La justicière 1163/2
	La vie secrète de Dorothée Gindt 1236/2
	La femme qui en savait trop 1293/3
	Le château du clown 1357/4
	La femme sans frontières 1518/3
	Le boulevard des illusions 1710/3
	La coupable 1880/3
	L'envoûteuse 2016/5
	Le faiseur de morts 2063/3
	La vengeresse 2253/3
	Sang d'Afrique 2291/5
	Le crime de Mathilde 2375/4
	La voleuse 2660/4
	Le grand monde 2840/8
	La mère porteuse 2885/4
	L'homme au double visage 2992/4
	L'amoureuse 3192/4 (Avril 92)
CARS Jean des	Sleeping story 832/4
	Elisabeth d'Autriche (Sissi) 1692/4
	La princesse Mathilde 2827/6
CASSAR Jacques	Dossier Camille Claudel 2615/5

CLAVEL Bernard *(suite)*	Le Royaume du Nord :
	- **Harricana** 2153/**4**
	- **L'Or de la terre** 2328/**4**
	- **Miséréré** 2540/**4**
	- **Amarok** 2764/**3**
	- **L'angélus du soir** 2982/**3**
	- **Maudits sauvages** 3170/**4**
CLOSTERMANN Pierre	**Le Grand Cirque** 2710/**5**
COCTEAU Jean	**Orphée** 2172/**2**
COLETTE	**Le blé en herbe** 2/**1**
COLLARD Cyril	**Les nuits fauves** 2993/**3**
COLOMBANI M.-F.	**Donne-moi la main, on traverse** 2881/**3**
COMPANEEZ Nina	**La grande cabriole** 2696/**4**
CONNELL Evan S.	**Mr. et Mrs. Bridge** 3041/**8**
CONROY Pat	**Le Prince des marées** 2641/**5** & 2642/**5**
	Le Grand Santini 3155/**8**
COOPER Fenimore J.	**Le dernier des Mohicans** 2990/**5**
COOPER Mary Ann	**Côte Ouest** 3086/**4**
CORMAN Avery	**Kramer contre Kramer** 1044/**3**
	50 bougies et tout recommence 2754/**3**
COUSTEAU Commandant	**Nos amies les baleines** 2853/**7** Illustré
	Les dauphins et la liberté 2854/**7** Illustré
	Un trésor englouti 2967/**7** Illustré
	Compagnons de plongée 3031/**7** Illustré
CUNY Jean-Pierre	**L'aventure des plantes** 2659/**4**
DAUDET Alphonse	**Tartarin de Tarascon** 34/**1**
	Lettres de mon moulin 844/**1**
DAVENAT Colette	**Daisy Rose** 2597/**6**
	Le soleil d'Amérique 2726/**6**
DHÔTEL André	**Le pays où l'on n'arrive jamais** 61/**2**
DICKENS Charles	**Espoir et passions (Un conte de deux villes)** 2643/**5**
DICKEY James	**Délivrance** 531/**3**
DIDEROT Denis	**Jacques le fataliste** 2023/**3**
DJIAN Philippe	**37°2 le matin** 1951/**4**
	Bleu comme l'enfer 1971/**4**
	Zone érogène 2062/**4**
	Maudit manège 2167/**5**
	50 contre 1 2363/**3**
	Echine 2658/**5**
	Crocodiles 2785/**2**
DORIN Françoise	**Les lits à une place** 1369/**4**
	Les miroirs truqués 1519/**4**
	Les jupes-culottes 1893/**4**
	Les corbeaux et les renardes 2748/**5**
	Nini Patte-en-l'air 3105/**6**
DUBOIS Jean-Paul	**Tous les matins je me lève** 2749/**3**
DUFOUR Hortense	**Le Diable blanc (Calamity Jane)** 2507/**4**
	La garde du cocon 2765/**4**
	Le château d'absence 2902/**5**
DUROY Lionel	**Priez pour nous** 3138/**4**
DYE Dale A.	**Platoon** 2201/**3** Inédit

EBERHARDT Isabelle	Lettres et journaliers 2985/6
EDWARDS Page	Peggy Salté 3118/6
EHLE John	Winter People 2742/4 Inédit
Dr ETIENNE et DUMONT	Le marcheur du Pôle 2416/3
EXBRAYAT Charles	Ceux de la forêt 2476/2
FIELDING Joy	Le dernier été de Joanne Hunter 2586/4
FISHER Carrie	Bons baisers d'Hollywood 2955/4 Inédit
FLAUBERT Gustave	Madame Bovary 103/3
FOSSET Jean-Paul	Chemins d'errance 3067/3
FOUCHET Lorraine	Jeanne, sans domicile fixe 2932/4 (Exclusivité)
	Taxi maraude 3173/4 (Exclusivité)
FRANCESCHI Patrice	Qui a bu l'eau du Nil... 2984/4 Illustré
FRISON-ROCHE	La peau de bison 715/2
	La vallée sans hommes 775/3
	Carnets sahariens 866/3
	Premier de cordée 936/3
	La grande crevasse 951/3
	Retour à la montagne 960/3
	La piste oubliée 1054/3
	Le rapt 1181/4
	Djebel Amour 1225/4
	Le versant du soleil 1451/4 & 1452/4
	Nahanni 1579/3 Illustré
	L'esclave de Dieu 2236/6
GAGARINE Marie	Blonds étaient les blés d'Ukraine 3009/6
	Le thé chez la Comtesse 3172/5 Illustré
GARRISON Jim	JFK - On the trail of the assassins 3267/5 Inédit
GEBHARDT Heiko	La mère d'Anna 3196/3 (Avril 92)
GEDGE Pauline	La dame du Nil 2590/6
GOISLARD Paul-Henry	Sarah :
	1 - La maison de Sarah 2583/5
	2 - La femme de Prague 2584/4
	3 - La croisée des amours 2731/6
GORBATCHEV Mikhaïl	Perestroïka 2408/4
GRAFFITI Kriss	Et l'amour dans tout ça ? 2822/2
GRAY Martin	Le livre de la vie 839/2
	Les forces de la vie 840/2
GROULT Flora	Maxime ou la déchirure 518/2
	Un seul ennui, les jours raccourcissent 897/2
	Ni tout à fait la même, ni tout à fait une autre 1174/3
	Une vie n'est pas assez 1450/3
	Mémoires de moi 1567/2
	Le passé infini 1801/2
	Le temps s'en va, madame.... 2311/2
	Belle ombre 2898/4
GURGAND Marguerite	Les demoiselles de Beaumoreau 1282/3
HADENGUE Philippe S.	Petite chronique des gens de la nuit... 2851/6
HALEY Alex	Racines 968/4 & 969/4
HAMBLY Barbara	La Belle et la Bête 2959/3
HANSKA Evane	Que sont mes raouls devenus ? 3043/2
HARDY Françoise	Entre les lignes entre les signes 2312/6

3102

Impression Brodard et Taupin
à La Flèche (Sarthe) le 27 mars 1992
1757F-5 Dépôt légal mars 1992
ISBN 2-277-23102-9
1er dépôt légal dans la collection : oct. 1991
Imprimé en France
Editions J'ai lu
27, rue Cassette, 75006 Paris
diffusion France et étranger : Flammarion